MÓNICA RÍOS nació en Santiago de Chile en 1978. Es profesora, guionista, investigadora, tallerista y editora. Ha publicado las novelas *Segundos* (Sangría, 2010) y *Alias el Rocío* (Lanzallamas, 2014), además de ensayos en *De la agresión a las palabras* (2008), *El cine de mujeres en postdictadura* (2010), *Lugares periféricos* (2010) y *Salón de anomalías* (2013). Cuentos suyos han sido recogidos en diversas antologías y revistas, en castellano y traducidos.

ALIAS EL RUCIO

Narrativas contemporáneas, 13

MÓNICA RÍOS

ALIAS EL RUCIO

SANGRÍA

© Mónica Ríos
ISBN: 978-956-8681-41-8

© Derechos reservados para esta edición:
SANGRÍA EDITORA
Las Torcazas 103, departamento 604, Las Condes, Santiago de Chile
www.sangriaeditora.com
sangriaeditora@gmail.com

Aunque adopta la mayoría de los usos editoriales del ámbito hispa-
noamericano, Sangría Editora no necesariamente se rige por las conven-
ciones de las instituciones normativas, pues considera que –con su debida
coherencia y fundamentos– los criterios del trabajo editorial deben intentar
comprender la vida y pluralidad de la lengua.

Edición al cuidado de Carlos Labbé y Martín Centeno.
Diagramó el libro Carlos Labbé.
El diseño de colección y de la portada fue realizado por Joaquín Cociña.

ÍNDICE

Para Carlos y Horacio

I
PRÓLOGO

Los han dispuesto frente a la pared. Cada placa metálica de la cual están hechos tiene la forma de un pato amarillo recién nacido, sus picos cortos sonríen. Se mueven arrastrando los overoles grises con franjas azules y se tropiezan entre sí con vendas en los ojos. Los ubican en las correas y las echan a andar en un loop infinito, hacia arriba y abajo de las cuestas pintadas en la pared como si fuera un paisaje bucólico sobre la textura de los ladrillos. En el lado opuesto están ustedes. Les han puesto en las manos rifles negros sucios. Cada quien tome su rifle, acarícielo, tome el paño y úntelo en la grasa. Cada quien limpie y aceite su arma hasta que brille con el sol que se escapa entre las nubes. Huélalo. Siéntalo entre sus manos, contra su pecho. Ajústelo. Ponga su ojo a través de la mirilla. Ubique su dedo índice sobre el gatillo. Párese con los pies bien puestos sobre el piso. Dispare aun sin balas. Calíbrelo. Cárguelo, cuidando de que las balas correspondan al modelo del rifle. Use su hombro, su pecho, sus brazos, sus piernas, para concentrarse en el arma que ahora es parte suya. Frente a usted pasan las placas metálicas con los ojos vendados. Usted nota a través de la mirilla que los picos ya no sonríen. Puede distinguir a través de la mirilla, detrás de los overoles idénticos, detrás de las vendas, por debajo de la amarillez, detrás de la calidad metálica de las placas, empalados sobre la correa kermésica,

al documentalista,

a la periodista,

a la niña de doce o trece años,

al fotógrafo obeso,

a la turista con olor a aceite de coco,

a la actriz que encarna a la turista,

a la tendera obesa,

a la actriz que encarna a la tendera obesa,

al doctor vanidoso,

al actor vanidoso que encarna al doctor vanidoso,

los miles de fans del doctor vanidoso,

los miles de actores que encarnan a esos fans,

los extras,

los que encarnan a los extras,

a la ayudante del científico experimental,

al científico que experimenta con animales muertos,

a los fans del científico que experimenta con animales muertos, a la vieja empleada que trabaja en la casa del científico que experimenta con animales muertos,

al perro que acompaña a la ayudante del científico experimental,

a los animales que mueren en la montaña donde está la ayudante del científico experimental,

a los animales que mueren en el cerro donde está el científico que experimenta con animales muertos,

la luz del sol que ha iluminado los pasajes.

A través de la mirilla usted puede distinguir las características de cada uno de ellos, por ejemplo que el documentalista solo lo es en apariencia, que aún no ha terminado su documental, que está mal pagado por la televisión, pues seguramente es un canal comunal o tal vez es la realidad de todos los que trabajan en la televisión ser mal pagados, pero que además es un racista de tomo y lomo, y siempre lleva un abrigo negro; que la periodista es realmente una aficionada o muy mala profesional o es la realidad de la televisión en cualquier tipo de canal, que le da vergüenza salir en la televisión sin maquillaje, porque nota el desprecio que produce su cuerpo al hombre con que trabaja, que tiene una hija o tal vez no, hija la cual, con la misma piel blanca, gusta de documentar a los muertos, es una especialista o tal vez solo una aficionada, que los tres personajes se dedican a lo mismo, pero nunca coinciden en lo que creen que están haciendo; que el fotógrafo obeso es ubicuo, pues no solo ayuda al documentalista con sus perfectas fotografías y fotografías de fotografías, sino que inventa las historias que fotografía y también puede aparecer bajo la forma de personaje en una película que no se sabe si es de ficción o un documental sobre las pasiones violentas que provoca el turismo; que la turista tiene olor a aceite de coco y que tiene una enfermedad de la cual el doctor vanidoso se aprovecha para probar su perversa afición a la piel muerta y de la cual la mujer obesa saca partido para convertir en momia y vencer finalmente a la omnipresencia de la medicina tradicional; que la mujer obesa tiene una mirada capaz de penetrar todas las propiedades de los cuerpos físicos menos el suyo, que come y deja migas, que escribe, y que la actriz que la encarna siempre propone ideas estúpidas para completar el trabajo, que la actriz que hace de turista no tiene olor a nada y no entiende el papel que le tocó; que el doctor es vanidoso y que el actor que lo interpreta es vanidoso y que casi no hay nada más que los pueda describir, porque el mismo vacío que llena al actor vanidoso llena al doctor vanidoso explicitando que el actor vanidoso es, en verdad, un mal actor; que los fans son también extras, que los extras son los meseros, los vendedores, los recepcionistas, los caminantes, las piernas, las patas, las manos, los ojos, las ropas, los tacones, los autos, los ruidos, los mirones; que el otro doctor es en realidad un científico reputado de una universidad reputada y que los miles de ayudantes que tiene siempre están al acecho, ambiciosos; que la única ayudante mujer que tiene es bien pava, pero tiene una relación especial con el científico y los perros y los animales muertos que aprende a coser como almohadillas; que la luz no se puede separar de la cámara que la enfoca, que apenas aparece como un elemento más que en el marco y a veces es nombrada como un fuera de campo.

Sabiendo esto usted aprieta el gatillo del rifle brillante, como si fuera una dichosa oportunidad de ganarse un animal disecado de peluche natural, contra su hombro sujeto, contra su pecho, acariciando su brazo y cargado de balines que no se verán más que en ruido. ¿A cuál de ellos querría usted, verdadero as del rifle, achuntarle? ¿Qué premio preferiría usted ganar? ¿Un paseo por un museo de cera con sus amigos y que cada escena encarnara hechos que compartieron en el pasado? ¿El animal disecado proveniente de la guerra en territorio mapuche? ¿Una cámara de fotos? ¿Una cámara de cine aficionado? ¿Un set de maquillaje? ¿Una novela que tuviera principio y fin, que lo llevara a través de las páginas en un ascenso emocional hasta la última, en la cual se cierra intriga y conventillo? ¿Una casa en el barrio de moda, cerca del doctor que cose animales y, como verá usted, humanos? Y si le diera la oportunidad de elegir, ¿preferiría usted la extinción de todos los animales que no son humanos o la de todos los humanos que no son animales?

II
LA HECHURA

Hace unos momentos la calle estaba vacía. Ahora hay un hombre detenido en la mitad de la avenida incolora, la punta de su abrigo de lana gris, que imita el color del cielo, y la punta de su corbata, que imita el brillo de la seda, están levantados por un viento que avanza por la calle perpendicular a la avenida. El hombre, absorto en un solo centímetro cuadrado de asfalto, deja que los transeúntes que esperan en el borde de la acera miren su nariz recta, su pelo claro y suave, sus proporciones correctas y agradables, enfundadas en las telas que indican una vida educada, expectantes. Nadie dice nada. En la foto no hay sonido. Todos parecen aguantar un suspiro, solo se intuye un rumor del oleaje de la ciudad. Todos callan, a pesar de que se avecina una avalancha de colores metálicos, mecanismos, ruedas y vidrios. El hombre no abandona su postura, el cuerpo encogido, absorto ante el entramado de un centímetro cuadrado de asfalto.

Una cabeza y otra. Sale y se esconde, sale y se esconde sin parar, rápidamente. El mismo movimiento que se repite hasta que las piernas de gris se ponen una delante de la otra, solo desde las rodillas hacia abajo. Avanza torpemente por la calle, se da vuelta a veces moviendo la boca hasta que llega a una reja y apunta. Se queda allí estático hasta que mira hacia atrás de repente y mueve los labios con voz de ardilla. Entre los barrotes avanza hasta ver el trazo blanco que enmarca la forma de un cuerpo en medio del cemento. Las dos flechas lo hacen volver y ahora camina hacia atrás, por la calle, entre la masa, dentro del ascensor y nuevamente sentado en una oficina azul, gris y café. Ahora escribe y descorta el teléfono. La flecha hacia la derecha lo hace mirar al frente y decir vamos con voz ronca.

Pongo pausa, creo escuchar pasos en la oficina de al lado. Reviso si el escoch que puse en la ventana no se ha despegado de nuevo. Puedo adivinar el movimiento de ella en la oficina contigua, el teléfono pegado a su oreja y a su hombro, los papeles que pasan por sus manos y el talco sobre el computador, la impresora y la luz. Bajo aun más el dimmer de la sala de edición. Saco la foto que traje hoy, una bella toma en contrapicado de la calle al otro lado de la cuadrícula ministerial, la foto de un hombre en la mitad de la calle absorto. La mido contra la ventana, cierro el último espacio en la parte inferior que solía separar lo que era el estudio de grabación de esta sala de audio. Esta ventana fastidiosa, tal vez ella pensó cuando empezamos a trabajar aquí, nos serviría para levantarnos el pulgar cada vez que el noticiario saliera al aire. No se imaginó que cuando la vi, su piel casi transparente, los labios rojos y resecos, me provocó náusea, como siempre me han dado aversión las personas con la piel demasiado blanca.

Corto el escoch y pego la foto de la grabación de antenoche. Al lado, la foto de lo que podría ser un cuerpo, una sombra o una bolsa de basura, ya medio desvanecida.

Ella me escucha y avanza hasta la puerta. Alcanzo a apagar la máquina y a mover el mouse. Listo, pregunta. Le paso los másters sin decirle palabra, con cuidado de que su mano no toque la mía. No está muy oscuro aquí, apenas te puedo ver. Te estás poniendo oscuro tú también. Le doy la espalda sin decirle que se vaya y cierre la puerta cuando salga. El ventilador de la máquina empieza a sonar. Editaste los videos en la máquina vieja de nuevo, pregunta. No quedan bien, lo sabés. Se acerca a la máquina y pone su mano, la mano demasiado blanca, para comprobar que exhala un aire caliente. Muevo el mouse de nuevo y aparecen las imágenes una al lado de la otra. Ah, menos mal. Voy a pedir que te saquen esta máquina. Te molesta a vos también. Hace que este lugar se vea más oscuro, y se acercó al dimmer. Sube la luz y es nueva, dice, acercándose a la foto de la cuadrícula y al hombre en la mitad de la avenida. Ya tenés más de dos años en esto y qué vas a hacer. Algo, porque todas estas fotos no dejan que yo te vea a través del vidrio. Te da encierro, viste, y así no funciona, no podemos trabajar. Mirá, te traje una foto. Te la dejo aquí, junto al café. La ves, aquí. Voy a llamar para que te reparen esto y para que saquen esto otro, pero cuidado que si te ven que estás con esto de las fotos y las cintas que no son de ellos te van a echar o te las van a quitar. Yo no diré nada, nada de nada, no te preocupés, oíste. A mí me parece bien que tengás tu qué sé yo porque trabajás bien. Pero si no, no te dejaría. Porque vos estás bajo mi supervisión y yo no puedo responder por las cosas que hacen otros, menos por vos que te la pasas entre fotos y la máquina. Tenés vida vos, no parece. Pero así tiene que ser el artista mal pagado sin dormir. Porque no vas a ser un funcionario nada más como el resto de nosotros, no. Claro, no. No. La luz de repente se corta, solo escuchamos el ventilador de la máquina y, cuando vuelve, dentro de la sala hay una niña como de once o doce años. Su hija, la hija de ella, igual de blanca que ella. Con los labios no tan rojos. Cuando se da cuenta de que su madre la ve, desaparece hacia el pasillo. Solo me regala una mirada de lado. Ella sale al fin, se calla al fin y cierra la puerta detrás de sí. El ventilador se apaga de repente.

En la vereda de enfrente dos hombres se dan la mano. En otro plano un auto gris va de poniente a oriente y uno rojo de oriente a poniente. Desde el calor de la mesa de un café, los dos autos parecen besarse. La mano de un hombre en otra mesa parece darles la bendición, lanzándoles el polvillo que ha quedado impreso en la ventana del local.

El calipso de las murallas se ve más apagado que de costumbre. Afuera la gente se ilumina por una luz plateada que hace resaltar las cavidades de sus ojos, detrás de sus abrigos, sus chalecos, por debajo de los guantes de lana. Siento el vaho del café instantáneo calentando mi barbilla. Está aguado e hirviendo sobre mi lengua. Noto que el platito blanco gotea desde la taza que levanto al recorte del periódico que acabo de sacar de la Biblioteca Nacional. El papel se pone aun más amarillo, se arruga, y su composición interna se divide en cáscaras donde ha ido desapareciendo con los años la impresión de las letras. No lo alcanzo a secar. Ya ha puesto las fotos tibias por el contacto con su cuerpo inmenso y su parka encima de la mancha. Levanto un montón, que se desliza sobre mi mano y sobre sí mismo, y seco ambos papeles con otro papel, blanco y absorbente. Ya están, y dispone las fotos sobre la mesa. Las elige mientras de sus labios que apenas muestran algunos dientes grises sale un murmullo que se habla a sí mismo. Igual, dice, no a mí, y espera que yo vea la secuencia que ha dispuesto. El vidrio deja aparecer un rayo de luz que rápidamente se desvanece. No nos hemos sacado nuestros abrigos. Desde nosotros sale un tubo de aire blanco que se dispersa. Sus manos secas y rugosas se confunden con las mías y con las de la joven, que huelen a cloro y que entregan un café en una taza sobre un plato. Dispongo un espacio en la mesa, atento a la trayectoria de la taza para que la mujer no desbalancee el líquido ni permita que caiga una sola gota. La primera foto es sobre el abogado con el acta de defunción del Rocío en sus manos y que en la foto siguiente muestra y la foto siguiente encuadra y sobre la cual la foto siguiente hace un zoom y la siguiente otro y la siguiente otro hasta mostrar un nombre y una fecha hasta traspasar el nombre y la fecha hasta hacer desaparecer también la fecha hasta volverse también la letra una mancha, una silueta que puede ser la huella de un dedo o la marca de un cuerpo. Mientras vemos esto el abogado debe decir que esta es la fecha de la partida del comandante al sur, mientras en el norte estaban acechando el pueblo de la madre y de la esposa y de la hija y de la hermana y de la abuela del Rocío. Y por ahí ponemos unas fotos de ellas, como esta que encontré el otro día: una niña bonita, que podría ser su hija y su hermana y su esposa en tres edades distintas. La misma niña podría ser las tres, se ríe, y muestra las

34

fotos que eligió, que sacó él mismo, así que nadie va a alegar. Y la verdad no importa tanto, porque después de un año ya no sé qué es la verdad ni qué es mentira, amigo. Aquí sigue el abogado en tres posiciones distintas, la primera con la boca y sus dientes chuecos, las cejas levantadas, la boca en una e, los labios descascarados, la segunda con la boca en una m, los ojos más abiertos e inclinado hacia delante en la fotografía, nunca mirando directamente a la cámara, la tercera en una u con los ojos entrecerrados y ladeando la cabeza, mostrando un poco el hombro y con los ojos bien abiertos. La secuencia se repite tantas veces que su cuerpo inmenso se levanta y pone otra mesa al lado para seguir una con otra con otra más para que tenga cadencia el relato que el abogado inventó y que ahora me es repetido aquí enfrente, descascarando las palabras. Esta es la noche del apagón y allí la foto del cuerpo en la morgue, la foto oficial que se ha conseguido con un amigo. Es la foto de una foto. Comparo la foto de la foto con la fotografía del diario añejo que tengo a mi lado y con una que ando trayendo en mi billetera y con la del acta de defunción que se reproduce en la primera parte de la secuencia. ¿Pueden todos ellos ser la misma persona?, no digo. De igual manera con sus labios secos me responde que si acaso no es la cosa hacerlos aparecer como la misma persona bajo el mismo nombre. No lo digo. Llegamos al mismo lugar de siempre, donde nos miramos adivinando con certeza las palabras del otro. De sobra sabemos qué piensa cada uno de este trabajo, y que él ha mencionado tantas veces, y lo que sin decirle él ya sabe que no es igual, preguntándonos cada uno para sí mismo si acaso podemos trabajar con el otro.

Recojo todas las fotografías y tomo los negativos. Sé que ha sacado copias. Las dispongo de tal manera que el abogado parece salir del acta de defunción, y ahora en vez de abogado es un comandante que partió del norte al sur, y el cuerpo botado parece más que una casualidad, una bolsa de basura negra tirada en medio de un basural en vez de una morgue. Un poco de sentido común pide para la reunión del próximo jueves, mientras abre la puerta y deja entrar el frío del invierno.

La tráquea parece subir y bajar, aunque estática se ha quedado con la boca chupando el cigarro. A la vez el fondo rojo está lleno de humo, verde más atrás, sin saber si es frío o si es cigarro lo que la tráquea no deja ver.

Ahora está completo. Es un cuerpo joven, sus botas negras lo sostienen por sobre la poza blanca como el cielo gris. Se ve sucio, pero es solo el frío de la ciudad que encoge la piel de las manos hasta hacerlas grises y resecas. También se ve sucia la pared y la reja metálica tejida que lo separa del fondo rojo sobre árbol esquelético y de la rama verde sobre pared. El cigarro se ha detenido con la mezcla del aire vaporizado. Él está de perfil en actitud de quien fuera observado. Los zapatos negros, el abrigo negro, el pelo negro, la piel blanca tan desnuda como la poza de agua. Como si alguien lo mirara, fuma.

La calle está fría, pero el contacto de mis manos desguantadas contra la lata negra lo está aun más. Adentro está oscuro y puedo ver la caja eléctrica diez pasos más allá. Tengo que dejar ir la puerta y esperar a que mis ojos se acostumbren hasta que distinguen una luz que viene desde el fondo del pasillo, sube las escaleras y llega hasta mí junto a un balanceo metálico. Abro la caja de la electricidad con la llave, la doy y bajo el dimmer para que solo algunas lámparas iluminen por donde avanzo. Bajo las escaleras, doblo, entro a la oficina, la de ella primero, luego a la mía. Pero no llego. La niña de once o doce años se balancea en una silla con la cabeza reclinada colgando hacia atrás del respaldo. Cincuenta y dos pasos, dice, hasta aquí desde que hay luz. Me mira enderezándose. Su cara es muy blanca y se queda impresa en mi retina mientras entro en la sala de edición sin cerrar la puerta. Ya me había acostumbrado a estar sin luz, agrega mientras me mira desde el marco. Sigo la línea de sus ojos, observa la foto que su mamá me había traído. Y no vas a pegar la foto. Se supone que allí aparece un fuego fatuo, el de un perro o un oso. Es muy grande para ser un oso. La niña de once o doce años desguanta sus manos y acerca la que tiene una cicatriz azulina a las fotografías, también a mis manos que sujetan los negativos. Los acerca mientras saco mi mano y pone los negativos sobre su palma. La foto del fuego fatuo la saqué yo, dice, mientras yo puedo ver la foto sobre su palma en negativo. Estábamos de vacaciones y vi los pájaros negros sacando tiras de un cuerpo descompuesto, agrega, mientras desde su mano se prende la cara del abogado. A todos les dio asco el olor. Apareció la cara del abogado sosteniendo un papel y mirando hacia abajo, y en la noche partí a verlo sin que nadie me viera. Decían que hubo una epidemia y que otros habían muerto. Apareció en su mano el texto de defunción. Pero no llegué al lugar, me encontré con el cuerpo antes. Apareció la cara del Rocío, y ahí saqué la foto, como si una luz saliera de esa mano tan blanca. Musicalizaban este relato los pasos de escandalosos tacones sobre la cerámica del pasillo, los tacones de ella, cuya voz mezclaba el nombre de la hija de once o doce años parada a mi lado en la sala de edición. La niña dejó los negativos a un lado y salió de la oficina para sentarse en la silla. Y te quedaste ahí mismo todo el tiempo. Vení, vení, no molestés, que vamos a casa. Luego salieron los tacones escandalosos sobre la cerámica.

Estudio la fotografía que me pasara ella y la limpio de los rastros de su cara blanquecina sin tocarla. La cubro, en vez, de las palabras de la niña de doce u once años. Me detengo, hago que mis ojos se acostumbren a la oscuridad de la sala de edición de la fotografía del subterráneo frío y lo veo. Era una luz que venía de alguna parte, pero estaba encima del bulto acostado en el suelo, perro u oso. Miré detenidamente la foto de la foto de la morgue que me había llevado el fotógrafo inmenso y que él se había conseguido con un amigo. Allí está, hay una luz. El foco que se prende encima de mi cabeza corta todo el efecto. Es ella. Qué oscuro que está aquí dentro, y deja la torre de discos sobre los negativos que su hija me había mostrado hace unos momentos. Aquí está el script, mirá que en el segundo disco hay una escena que quiero que esté sí o sí. Aquí te dejé una nota con el tiempo. La viste, aquí. Y sale, subiendo todavía más la luz cegadora.

El mismo abrigo negro ahora está encima del concreto húmedo, a su lado un pantalón negro y la punta de un solo zapato que se asoma junto a un pasto húmedo que refleja tan blanco el cielo gris que no permite adivinar al cuerpo que expone manos y cara que se ven apenas junto al derretimiento del hielo. Una luz que viene desde fuera de campo permite el choque con el pálido reflejo y esos dedos con articulaciones que se han detenido en garra y solo asoman los nudillos.

Ahora el agua se ha evaporado por completo y ha dejado un halo confundido con el de los cuerpos que no están desde hace un instante. Sus volutas vienen desde el fuera de campo. Ahora está oscuro y deja entrever lo que hubo con las líneas blancas trazadas en el suelo. Ahora hay un árbol que no ha nacido. Ha sido puesto para mejorar el encuadre que antes se consideraba desbalanceado, dándole un sentido ominoso a la cara oculta del rocío.

III
EL ARCHIVO DE INVESTIGACIÓN

¿Se acuerda cuando no estaba segura de si había abierto los ojos, si había ya despertado? A usted el dolor en el cuello la obligaba a poner atención a su cuerpo chueco y al sofá polvoriento. Estornudaba por el polvo, tampoco sentía las piernas. Su tacto le recordaba la cabeza que descansaba con apariencia anciana sobre usted. Tenía que comprobar que no se movía, que no respiraba. Y recién después de un rato, entrecerrando los ojos, distinguía el contorno entrecano de la cabeza encima suyo.

Acuérdese de esa noche, cuando dejaba un hueco en el sofá, tomaba las hojas que se apilaban en el cajón y salía por la ventana bajando la escalera que había ubicado ayer, procurando no despertar al científico experimental que descansaba también. La calle estaba vacía, no se escuchaba a nadie, solo el movimiento de esta masa de agua oscura, fría y sofocante que avanzaba ensuciando las bocas de los edificios. Nada la alcanzaba a ver entonces. Y usted no veía los perros, no veía las vacas en las estanterías, ni los camiones, ni las luces de los autos, como si la noche anterior hubieran decidido apagarse junto con los cables eléctricos de una sola vez.

Usted iba, no sabía si abriendo los ojos y dando pasos como rueda blanda. Un pie delante del otro, la guiaba la nube oscura, la seguía el abrigo que él le había montado todos esos días, fabricado con sucesivas capas de blanco y negro. Por entre la reja, pensó usted. Esa luz era el único ruido en ese silencio citadino. Solo allí, en la cuadrícula de cemento, en la mitad, detrás de estas rejas ministeriales donde estaba ese cuerpo horizontal, botado, muerto, y una puerta que se golpeaba. La confusión no la dejaba saber si estaba mirando, tirada en el suelo o si era usted misma la que saltaba la reja y apuraba el paso hacia la puerta. Era raro, pensaba usted, que el apagón no se hubiera llevado también esta luz por la que entraba y donde la esperaba tal vez una caja, una maleta, un manuscrito o ese sobre que finalmente podía abrir adentro por ese agujero.

Aquí deberíamos poner una foto. Mostraría en primer plano una mujer con telas oscuras y claras desde los hombros hasta justo arriba de las rodillas. Podría no haber cuerpo debajo de las telas, podrían ser almohadillas. Las telas y la mujer que adentro no está dividirían nuestro plano en dos. Todo en la imagen estaría en foco, incluso el paisaje en panorámica donde se expandiría, amplio, el cielo soleado, pero frío, con algunas nubes, y la tierra con algunos arbustos desnudos que terminarían en un paisaje industrial de mediados de siglo. Podría ser en Nueva Jersey y serían fábricas de ladrillo ennegrecido, o podría ser al norte de Santiago, allí donde dice vertedero con una flecha en dirección hacia atrás de un cerro, y se vería entre el rulo amarillo algún caserío con una pipa industrial.

Iba pasando las páginas, siguiendo las instrucciones hasta llegar al final del camino, a pesar de que entre las telas sobre su cara la letra era apenas legible. Más allá usted vio que el camino se hundía en el mar y tuvo que volver sobre sus pasos, caminando kilómetros al norte hasta tomar el desvío. Esa vez sí lo vio, ahí mismo donde el camino se levanta en las montañas, ¿recuerda? Y usaba un nombre, otro nombre que el mensaje había extirpado. Lo repetía hasta que se le empezó a grabar, pues ¿cómo más iba a llamar a eso que ya no es lo que antes había andado bajo otro alias?

Antes de llegar una mujer desde el marco de la puerta apuntaba hacia un cerro, fumando. Usted tomaba refugio dentro de una capilla abandonada que se abre hacia el vacío del valle, desde donde sentía por primera vez ese olor tan particular que la acompañaría los meses siguientes. Allí se lavaba las heridas y comprobaba que el frío las había cerrado un poco, o por lo menos que ya no corría sangre y estaban rojas. Pocas veces pasaban caminantes por el bajo gris coronado de rulo. Avanzaban para tomar el agua que caía a una vasija de greda. Usted los observaba limpiarse la cara y sus miradas le indicaban que no entendían lo que veían y como si fueran espejos usted notaba su deformidad en los ojos de ellos.

De a poco el blanco de la nieve se prendía con la luz del sol; era tenue, pero usted, sin embargo, salía a comprobar si la dureza de la masa blanca iba a soportar su peso. No era la primera vez que la montaña blanca la hacía sentir nostalgia del calor del departamento, pero sí era la primera vez que la experimentaba por ausencia de él. Cada tanto usted sentía ganas de mostrársela, así que automáticamente decía algo que se disolvía al mismo tiempo que el vapor de sus labios. Así, con las manos entre los pliegues de las telas que hacían un paquetito compacto, aprendió a hablar con usted misma y a convocar al silencio de la vegetación baja de apariencia quemada.

El frío la hacía caminar por la ladera del cerrito. Le costaba a sus piernas dañadas, pero cuando decidía llegar al árbol solitario que está en la punta lo hacía hasta arrimársele. No le importaba que estuviera hundido en los restos de nieve y que la posibilidad de sentarse allí significara que la nieve se la tragase de una sola vez, porque, pensaba usted, no era acaso eso lo que había estado intentando hacer desde que no le tocaba las heridas.

Las sábanas que usted traía como ropa le molestaban, y la masa ya no permitía que cupiese ni siquiera un pantalón. Pensaba entonces si acaso cuando la carne se le consumiera sería posible encajárselos de nuevo para no sacárselos más. A usted la caminata le dolía y a cada paso ajustaba las vendas tal como él le enseñó la primera vez que se vieron, como si quisiera con cada movimiento de sus manos convocar sus palabras sobre el único límite para el dolor.

¿Lo recuerda? Usted había llegado hace poco al laboratorio. Desde arriba lo habían querido cerrar, pero usted y otro grupo de alumnos se ofrecieron para quedarse a cargo de un pequeño módulo con la condición de que lo mantuvieran por su cuenta y que ya no usaran animalesa. Todo animal, habían dicho. No eran animales aquellas ratas en el laboratorio principal, las que tenían huevos en vez de patas, muñones en vez de cabeza. A usted le tocaba el turno esa noche; debía limpiar mientras miraba los cultivos y anotaba en la planilla. Así que era usted quien estaba allí cuando entraron con el cuerpo despedazado del Rucio. Alguien le había puesto un paño alrededor del hocico para poder abrazarlo, y en cuanto él lo dejó encima de la camilla metálica usted se acercó a quitárselo. El animal se había mordido el labio y sangraba. Usted veía cómo entre él y tres ayudantes lo agarraron para inyectar una sustancia azulina. Él no soportó que usted estuviera quieta. Le agarró las manos y las puso sobre la cadera expuesta y las vértebras bajas del Rucio, que se habían deshecho, mientras insertaba la aguja. Mientras, él le iba contando qué hacía con las tijeras y las pinzas, con el hilo y con la aguja, mientras manipulaba los músculos, revisaba las extremidades nerviosas, hacía coincidir los huesos rotos y cosía la piel como si fuera una tela dócil. Cuando él terminó le dijo que el Rucio esa noche era suyo, y la obligó a acercarse para que suíera qué darle cuando despertara, si es que despertaba. El pecho del Rucio apenas se movía, así que con sus manos usted le abría la boca y le metía una válvula para recordarle que debía respirar. Usted lo puso sobre paños blancos, limpió la sangre, los montones de tela y algodón que habían quedado regados por el piso y agotada se tendió sobre la mesa de metal junto al animal. Al rato los alaridos la despertaron, pero ni el agua que le dio, ni el suero, ni la inyección en la parte de la pierna que tenía libre lo tranquilizaron. Los sonidos agudos permanecían de fondo en el insomnio. Los ojos del Rucio la seguían mientras usted le limpiaba los líquidos que caían a través de las vendas, por las aperturas de los tubos que salían desde su cuerpo y la saliva que se empozaba morada bajo su boca. El Rucio tampoco cerró los ojos cuando él y sus ayudantes entraron la mañana siguiente muy temprano a observar las vendas. Usted de inmediato se levantó de la camilla. Él no dijo nada cuando notó que usted había cambiado las vendas y limpiado al Rucio. Seguía los movimientos de los ayudantes, que anotaban cada una de sus palpitaciones, cada uno de los pasos que él daba alrededor del cuerpo moribundo. Mientras, les hablaba en clave sobre el lugar de la incisión, los puntos que había escogido para coser el cuerpo y el diagrama que apuntaba con un lápiz. Sus conocimientos de primer año no le permitían saber exactamente qué estaban haciendo ellos, y su cansancio no le permitía ni siquiera preguntar. A usted le pidió una serie de instrumentos y le indicó a uno de los ayudantes que inyectara lo de la etiqueta verde. Las costillas dejaron de moverse.

El recuerdo de lo que vino después de la muerte del Rucio la seguía a usted mientras iba hasta el cerro y las piernas empezaron a supurar entre las vendas. Eran las primeras páginas del manual, ahora un montón de papeles, correcciones y anotaciones suyas. Su temperatura había subido, a pesar de que la montaña se iba enfriando y estaba cubierta por varios metros de nieve. En aquellas páginas se citaba a Heródoto y había figuras, diagramas para nombrar la fotografía con que se ilustraba el procedimiento. Cada tanto usted sentía la necesidad de recostarse sobre la nieve.

Habríamos de ubicar aquí una fotografía que deforme el primer plano. Una fotografía desde la cual intuir la naturaleza de las escenas contiguas. Podríamos poner una carta en halo antiguo, una máscara, y dejar pasar las páginas con dibujos, fotos y diagramas. Nos detendríamos en un pie catalogado bajo un nombre, por ejemplo ⌒𝄬, y en algunas referencias al libro nueve de Heródoto.

Sus pasos la condujeron a las rocas debajo de las cuales el frío conservaba el cuerpo de un conejo. Un poco nublada, su vista confundía el pelaje con la nieve, más aun por la quietud de la cabeza y la silente posición a que lo obligaba el abrigo de copos. Con lentos movimientos usted se sacaba la sábana de la cintura y dejaba expuesta la roncha que ya se expandía por el muslo izquierdo. Con la violencia del frío su pierna se calmaba. Envolvía el cuerpo del conejo en la sábana y lo arrastraba cerro abajo hasta llegar a la mesa donde estaban sus herramientas, tarritos y resinas. Recién ahora le comprobaba el pulso, una vez al lado del fuego, cuando el cuerpo blanco empezaba a descongelarse. Ni las articulaciones se movían, ni los músculos. Tampoco sus párpados, que parecían cosidos entre sí por la escarcha. Preparaba el óleo con enebro, verificaba después de tantos días que las gotas habían creado un jugoso pozón. Disponía a un costado de la mesa la mirra, la casia, el eucalipto, la lavanda, para molerlas con el mortero de piedra. A falta de hierro corvo con el ganchillo del crochet que usted se había traído sujeto a las telas de su pierna abría un orificio hasta llegar a la cavidad cerebral y dejaba caer un espeso líquido oscuro. Una vez hecho el drenaje, roía de a poco hasta sacar cada pedazo de carne y de cerebro. El polvillo blanco que usted introducía en el pequeño cuerpo estaba bien diluido y la piedra de Atacama lo suficientemente afilada como para hacer una rápida incisión por el costado derecho del estómago, desde donde caían, como cataratas de hielo, las vísceras en el balde. Usted lavaba las entrañas con vino de palma, con aromas molidos y con óleos vírgenes. Por dentro, comprobaba, había miembros pegados al tejido óseo y muscular, así que echaba a andar su aprendida destreza con la pinza y el bisturí: cortaba y conducía los tejidos sueltos hasta que alcanzaba ya a ver el afuera por los tres orificios que permitía ese cuerpo. Usted tomaba el cuerpo con cuidado para lavarlo con sal, pinza y algodón, y así sacarle el resto de sangre, fluido y excremento hasta que el hueso, el músculo y la piel quedaran magros. Sus manos buscaban la mirra, la canela, el eucalipto, la menta, el pino, la lavanda e insertaba el arcoíris aromático en la cavidad, ocupando toda la piel que caía sobre las vértebras. Con la aguja cosía el punto en cruz y doble nudo para cerrarlo como una almohadilla. Usted ponía el cuerpo en la misma fuente donde solía cocinar los vegetales, ahora con las porciones indicadas de sal, carbonato de sodio y bicarbonato sódico. Lo tapaba con linos y pieles. Allí lo dejaba hasta que fuera tiempo de cambiar el preparado. Con el contenido de los baldes alimentaba a los pájaros negros que esperaban en las zanjas; cuidaba de tapar bien sus piernas con resina para que no confundieran su olor con el de las vísceras. Producía los óleos aromáticos y las pinturas con que en el día setenta iba a sacar el cuerpo seco y lo bañaría de una goma que le diera dureza. De las sábanas cortaba usted tiras, con los linos teñidos envolvería el cuerpo, salvo la testa, que dejaba agarrada en un muñón y sobre la cual, con las pinturas, iba a escribir: yo soy a quien fue dada la cabeza cuando fue cortada, pero me he cosido las partes. E iba a escribir ese nombre con que acogería al doble antes de llevarlo nuevamente al mismo cerro, el primero de todos los que vendrían. En su cuerpo, ⌒𓀀, tal como entonces había hecho con el Rucio.

El encuadre habría de mostrarnos en contrapicado el ascenso hacia los cerros. La luz del fotomontaje vendría desde el otro lado del valle al atardecer, justo antes de que la luz desapareciera por completo, para marcar los contornos de los cerros. Arriba, una figura estática no podría estar sino hecha por la mano del hombre. Su posición no debería dejar que nuestra mirada definiera si acaso se dirige a un lado o al otro del valle.

Varios cuerpos cosidos ocupan las ollas, los platos y la ensaladera. Usted terminaba de cerrar la pata de la laucha en un muñón con punto doble mientras masticaba una raíz que escupía en una fuente con frutas para que fermentara. Cuando juzgaba que estaba listo levantaba uno de los linos y ponía el cuerpo del roedor sobre los otros cuerpos en una cama de sal. De un tarro sacaba las últimas partes del compuesto que había traído desde el departamento en el centro de la ciudad, ese compuesto que él había fabricado. Pacientemente usted unía los pelos en una rueca y untaba el ovillo con pintura roja. Su mano se deslizaba alrededor de los ojos de un gato duro hasta dibujar dos círculos carmín. El estómago estaba hinchado, la piel maciza por las resinas y el yeso. Insertaba con pericia microscópica uno de sus propios pelos sobre ese labio inferior junto a la fibra azul para decorar de guirnaldas el tejido café. La pintura negra cruzaba su lomo hasta la nariz, las marcas regias como un solo dibujo junto a los otros cuerpos dentro de la bolsa. Los acariciaba. Tantos de ellos sin soportar el invierno. En la bolsa ya no cabían más.

Se sentaba usted algunos momentos para levantar la pierna hinchada, cronometrando el cambio de color desde el negro hacia el morado y hacia el rojo, y registrándolo en la planilla, en el apéndice del manual. Comprobaba cómo se asomaban entre la carne abierta los líquidos amarillos que teñían los pedazos de paño, y que aún había tubos donde transitaba la vida. Usted insistía en cambiar la venda, pero cada vez se le quedaba otro trozo de piel y músculo; no había más remedio que ajustarse el trozo de cortina de encajes encima.

Al salir del refugio creía compartir lo que él había visto cuando salió del laboratorio la segunda vez que se habían encontrado, los ayudantes por detrás, dejando el silencio y a usted frente a una bolsa con el cuerpo del Rucio y un papel con instrucciones que aún conserva contra el pecho. Fue la primera efigie en el patio trasero.

Aplastaba los huesos del ratón como cáscaras de huevo. Con la solución usted los convertía en cristales de arena. Los mezclaba con la pintura. Era el último que descosía hasta que sus pieles quedaban sueltas. Desplegaba entonces el molde que venía prepicado en el manual bajo el título Nueve cabezas y abría sus pieles de tal manera que cubrieran toda la superficie. Enhebraba la aguja con los hilos que había fabricado de sus propios pelos y que había enrollado en un tenedor. Cosía los cuerpos, unía las telas, las treintiséis patas y, sobre los restos del costillas, las guirnaldas de hoja endurecida, de hebras de tronco y de su propia piel. Pintaba las figuras para que pudieran reconocer al destructor de huesos. La figura, usted había planificado en su mente, ocuparía el costado del cerro y se vería desde todos lados: desde la ciudad, desde el valle, desde los cerros de al lado, desde aquí y desde el cielo, como ojos abiertos rodeados de manos y fauces, indistinguible de lo que hay alrededor, como si hubiera sido parte de la geografía.

El valle ahora cubierto de estatuillas esperaba las primeras lluvias que derretirían la nieve. Cuando llegaron la obligaban a usted a encuevarse, a poner la pierna en alto, a abrir la ventana con el gancho e, inmóvil, esperar que la sangre bajase, enfriara la pierna y calentara el cuerpo. Desde la ventana el agua por sobre la nieve dejaba entrever las entrañas de la tierra, el cerro ese que parecía la basura del mundo y más allá la ciudad indistinguible, pero cuya luz aclaraba las nubes desde abajo.

La segunda ascensión habría de mostrarnos la secuencia completa de figuras de fabricación humana para completar el paisaje masacrado por la maquinaria productiva. Las varias cabezas que salen desde cada figura se fundirían con el paisaje, más aun con la luz que la cámara toma del atardecer. Fotogramas cortados mostrarían la ascensión completa y los jumpcuts imprimirían sobre el ojo partes de los camiones, de las pipas industriales y las líneas de gas que saldrían desde las montañas de basura, y el chorreo de mierda cuyos listados negros darían su color a los edificios originalmente construidos en el tono del concreto.

IV
LOS EXTRAS

Hay dos sillas vacías, de maderos cruzados y telas, como las que se usan en las terrazas. Pero están en el centro de un espacio pequeño, encerrado, solo las sillas y una pared negra, y en medio un cartel que anuncia el título sobreimpreso en blanco. El cuerpo de la turista se ve desde atrás. Los ojos penetrantes de la mujer violeta están en primer plano, su cara ocupa todo el cuarto inferior derecho. Llos contornos de la cara están difuminados para dar sensación de inquietante luminosidad.

Entran dos mujeres que se parecen en algo a las fotografías del cartel, pero ahora sonríen de manera similar hacia algún lugar al que no accedemos. Se dan la mano. No es necesario decir sus nombres, pues aparecen en los créditos. No se presentan; han estado hablando antes. Una voz metálica que viene de un lugar impreciso zarandea unas letras. Las mujeres hablan al unísono, ríen, se dan mutuamente la palabra. Empieza a hablar quien encarna a la curandera de piel violácea: ella quiere decir que no se sabe quién escribe, que nunca nadie les dijo, que nunca nadie les permitió decirlo. Bien podría ser cualquiera de las dos, pero también podría ser por ejemplo otro personaje, un doctor, si se diera esa casualidad, elegante, si se pudiera. Podría ser él un invitado principal. Si se diera el caso de una convención de doctores él sería ahí el invitado principal para contar que ha desarrollado, se imagina, una nueva técnica que se alimenta de las teorías de la momificación aplicables a la cirugía estética. Se ríen en conjunto, pues la momificación es un proceso por el cual se detiene la putrefacción del cuerpo y la invasión de las escuadras de la muerte, que es el mismo nombre de una división de la armada del país de donde viene este doctor elegante en tiempos remotos.

En el lobby del hotel las paredes de sobrios tonos beige y cálidas luces naranjas de baja intensidad no se ven. En vez se acumulan sobre las molduras, sobre las estatuas, sobre los maderos lijados, los trapos azules, blancos y púrpuras, y sobre unas cabezas que se mueven intentando establecer contacto visual con aquel atril que sostiene el anuncio sobre el orador principal.

Las informaciones son inexactas. Dicen que aún no se ha dejado ver la presencia del orador principal. El recepcionista sostiene el auricular sobre su hombro mientras mira una pantalla, teclea un computador y entrega un papel, una tarjeta y un lápiz a un grupo de personas que hurgan carteras con sus manos y bolsillos con sus guantes de cuero curtido, y los cuerpos de sus vecinos con sus ojos examinan la calidad de las telas que los envuelven, la tensión de sus pieles y el volumen de sus cuerpos para ver si acaso tienen razón en querer cruzar las volutas doradas que emana, en ausencia, el orador.

El cuerpo brillante que se extiende desde mi tobillo hace su entrada por la puerta de vidrio. Luego lo hace mi pantalón de marca y mi camisa que reluce el aroma de agua de cristal, clara, delgada, fresca, y mi chaqueta de fino cuero inglés. Enfundada en las telas, mi piel contiene músculos y piernas delgadas, torneadas, huesos bien dispuestos. Así la madera que suena en contacto con las lozas abre paso a la expresión que se vuelve dulcemente dura al enfrentarme al joven del mesón, quien muy amable roza mis dedos cuando le entrego mi tarjeta, mi pasaporte, y pone su timbre sobre mí mismo.

El aire que exuda la camisa desanda su camino. Se entrevé el pelo de mi pecho que el recepcionista mira de reojo. Me entrega con frialdad la correspondencia y un mensaje para el Dr., dice. A las tres. Son las diez, así que muevo mi trícep hacia atrás marcando el sonido donde se detiene. Se aleja en el espejo, se yergue, camino veloz. Aprieta, se desliza seguido de cerca por un joven silente que intenta ser amable. Lo palpa, lo saca, lo echa a la boca, lo mira, lo sale, lo camina, lo entra, lo entrega, lo cierra. Allí en el espejo lo ve desnudarse y moverse hasta desaparecer tras una cortina. Hasta que el agua llega sobre mi cénit y baja de a poco a arrobar los pliegues de la imagen en el espejo.

Las puertas se han abierto emitiendo un alargado chirrido (fa) como preludio al ritmo acelerado de huesos, músculos, tubos, secreciones, carne y piel envueltas en hilos de algodón y cuero lustrado sobre el piso. Desde allí se levantan columnas que se rozan rítmicamente y llenan el espacio de un aroma a calidez y a jabón de sebo animal. Se adelantan sobre las fibras de lana tratadas con plásticos protectores, ensombrecen las luces que vienen desde el cielo y desde el escenario en el horizonte de enfrente, apagan el silencio y sus cuerpos espesos hallan un lugar donde doblarse en varios ángulos semirrectos. Se abre más todavía la puerta (fa) y se cierra (re). Los murmullos de los que aceleran el paso, de los inertes y de los confundidos, se cruzan bajo el umbral de una puerta que se cierra de una sola vez (re), mientras él hace una entrada con su herramienta en el justo momento en que las moléculas de piel viva se transforman en plástico negro, deja grabado en un negativo de 3" x 9", acto que deja fuera re y fa, el aroma a cebo y los murmullos que hace un fémur en particular al mover su cabeza sobre su cavidad pélvica para adquirir el propio grado noventa y cinco que le permite la masa de su excesivo tejido graso. La silla que había estado helada ahora se abre (si) subiendo de pronto su temperatura, modificando su material, adquiriendo de a poco la forma, el olor, la textura de quien está arriba, cede (si) y simultáneamente se cierra (mi) con el balanceo del cuerpo al cual le molesta la quietud. El dedo inquieto no deja de apretar en dos tiempos la máquina de fotos, y el pie del de adelante, que se golpea sin querer en la pata metálica, ayuda a determinar el ritmo de 2/4 afín a aquella melodía. Se ha preparado la entrada y ahora inquietan sus manos en signo de civil emoción al verme entrar por aquel espejo trasero. Allí está aquel cuerpo que, después de algunos pasos, se ha detenido en pose severa en el negativo y en mi retina, he calculado. La voz suena con delay desde su boca en el espejo y en los parlantes traseros, difiriéndome. El espejo trasero forma un grácil movimiento donde maléolo interno, tibia y pelvis se tuercen junto al resto de su vista frontal, definiendo el gemelo y el sóleo de una sola vez. Serrato mayor, pectilíneo y supinador largo se yerguen para hacer un gesto que se materializa en un coherente sonido de duración sostenida. Solo ahora empiezo a hablar.

El cuerpo sobre el escenario ha quedado eternizado en una ondulante posición, como si serpiente, raíz o el vaho de la vida se materializara frente a los ojos. Su boca en la s, su brazo hacia el cielo, su lengua roja se adivina en posición de ataque entre los pliegues de su piel dorada. Un halo lo envuelve y todos aquellos que nada más admiran han quedado hipnotizados de incandescencia sobrehumana. Es el signo de la sabiduría, la palabra en sí misma. La chaqueta logra detallar un torso bien compuesto, y las piernas se yerguen griegas. Tras él, una máscara enorme del video donde se repite su imagen, donde se repite nuevamente su imagen y así, hasta que se pierde en el infinito, revelando sus múltiples caras.

Ambos palmares mayores, mi derecho y su izquierdo en el espejo, se tensan sobre el broche y, en un mismo tiempo que miden cualquiera de nuestros relojes, los bíceps braquiales, mis derechos y sus izquierdos, abren el gran pectoral y sendas maletas de cuero tratado, curtido, lustrado y grabado. Uno solo de los broches suena contra el cuerpo. Cada quien saca dos rollos, el primero de los cuales es desplegado sobre la mesa dispuesta en medio del auditorio. El peso total de la piel es de cuatro kilos y ochenta gramos en los hombres y tres kilógramos coma dos en la mujeres. Desenrolla junto a mí un corte que varía desde los tres hasta los veinte centímetros, se despliega hacia el lado como preludio al resto de la tela, en cuyo largo de casi un metro ochenta aparecen manchas de vellos sobre lo que fuera un pecho, una pelvis protuberante, ahora planchada sobre la mesa de metal, en corte realizado decúbito prono a través del eje posterior hasta el cénit craneal. Dispone el otro rollo de manera tal que sus primeras secciones queden en contacto con los dedos lisos del otro. Adán y Eva, pensamos al unísono. Los vellos, explico a través de su boca, dispuestos en cabeza, axila y labio mayor han debido ser remendados y aglutinados en resina, mientras con sus dedos doy vuelta y muestro aquellos folículos pilosos que nadan en la transparencia; su pecho ha sido reparado con costuras laterales para poder enrollarlo y guardarlo en la maleta, eliminando las protuberancias y restos de piel lacia. Hombre y mujer son admirados frente a esta mesa y de espaldas a la suya. Sus pieles, límite e identidad, diferencia de eumelanina y feomelanina almacenadas en cantidades variables dentro de los melanosomas, producen el tono moreno en unos y blancuzco en otros. Mientras admiran a través de su boca explico que la piel nos cubre como un manto. Sus dedos los recorren. Él dice a través mío que en su estado normal es firme, flexible, de tacto suave. Sube su mano hasta el ojo para que explique que incluso la córnea, abriendo el párpado, tiene una fina capa de piel modificada, mientras veo mi dedo desde otro lado de la transparencia. La piel, y deslizo sus yemas hacia uno y otro lado, también se tuerce hacia dentro en la boca, en los canales de la nariz y en el orificio anal. La piel conserva memoria de las condiciones experimentadas en el pasado remoto y en el pasado próximo. Mis propios corpúsculos de Meissner y los de Pacini se erizan tras el guante al contacto con el frío bisturí que vivisecciona un trozo del telar y lo ubica en el microscopio bajo su ojo para examinarlo, proyectarlo, explicarlo frente a la pantalla que se repite infinitas veces hacia adelante y hacia atrás a mis espaldas, tras él. Con sus pinzas voy descascarando el manto hidrolípido, el stratum corneum, el stratum granulosum, el spinosum, la membrana basalis, el corium y el subcutis para explicar el efecto de la resina, de las sustancias oleaginosas sobre la dermatitis artefacta de aquella condición en que el manto pielaginoso es invadido por un medio mecánico y sus implicancias de motivación psicopática o azarosa deliberada por el contexto.

V
LA HECHURA, SEGUNDA PARTE

Van por la ladera del cerrito y pasos y jadeo son uno mientras las palabras forman la historia de la última gran colisión de los mundos. Pero hay que cortarlo en dos minutos y elegir una parte donde van jadeando apenas en una profunda inclinación, como si la edad les pesara por andar por donde siempre andan. El jadeo viene de los dos, pero también de ella y de la cámara, no les dejan contar que sucede cada sesenta mil años, explica la mujer que camina atrás. Como si se pudieran contar, dice la cámara sin que la escuche nadie más que yo a este lado de la pantalla. Corto donde aparece su sombra de diez de la mañana al dar la vuelta sobre el frío. Aprovecho el cansancio de ellos a la par, justo en el momento en que todos deben taparse la nariz y la boca y la cámara muestra sus caras mientras la ven vomitar y corta, dictamina. De la boca del hombre con chaleca de lana sale voz de acordeón. Aquí estaban, mostrando un hoyo de tres o cuatro metros cuadrados. Detengo la imagen sobre el hoyo, la dejo sobre la tumba vacía antes de que ella salga explicando la naturaleza de la tumba de seis metros, aunque sean tres o cuatro. Los animales ahora se han esparcido con los restos de la epidemia, nadie los vio venir ni irse.

Vuelvo a la cinta número seis. Otro hombre se apoya cómodamente sobre los alambres de púas que separan su terreno del camino que no fue una epidemia, a menos que lo que hay de innombrado en el hombre, dice, pueda llamarse epidemia. Que lo corte, desde la habitación de al lado llega junto a la luz. Y, asomándose ella en la pantalla y por la puerta simultáneamente, grita que ya no entra en su historia y que allí va el entrevistado, en la quinta o cuarta cinta, lo que dice ahí en el script. La del que tiene el título, ponele el nombre con su cargo y la universidad donde trabaja. Que no es su oficina, pero trabaja en la universidad unas horas y allí estudió también, conversa conmigo, con ella misma. Y no la de la cinta cuatro que se cortó a la mitad y dijo cosas ambiguas. No la mires así, no me mirés así. Si la contó mal él, no yo. Porque quién conoce esas historias. Yo sí, no digo, mientras pongo la cinta amarilla y azul sobre el delantal blanco, y las pinzas enmarcadas detrás del título, y las iniciales grabadas en dorado, cursivas, y le borro el brillo que la cámara no evita que reviente en un punto al lado de su ojo.

Está borroso. La bruma no logra acabar con la oscuridad de la tierra húmeda. Ella misma sin abrirse ha dejado escapar su temperatura, materializándose en deformes cuentas casi blancas que se disuelven hacia arriba. Los trazos de hierba han casi desaparecido y están aplastados contra la tierra licuificada como si maquinaria hubiera arrasado la tierra. Hay piedras, y abajo de ellas crecen las alimañas que se alimentan de esa destrucción; esa que el ojo no alcanza a ver, que no huele, que el lente no toma, no agarra si no es por manipular, en postproducción, el sentido de la luz en la imagen.

Con el play escucho que la cámara accede a la toma entera para contar la historia larga, dice la mujer en el marco de su casa. Está solo su cara de mujer pequeña. Adentro no hay un hombre y continúa enmarcada por el gris y el hierbal, en un instante sonríe mostrando los dientes. Fuma. La última gran colisión de los mundos fue hace sesenta mil años, repite tres veces con diferentes gramáticas. Mucho tiempo vivieron bien, más gente vivía, pero después mataron los hombres a todas las mujeres. Se sintieron engañados. Las mujeres no trabajaban, escupe. Esclavos y cautivos eran los hombres, aspira. Y así han matado a todas las mujeres. Solamente a las niñas han dejado vivas, para que más gente viviera, dice, dejando salir el humo de a poco por nariz y boca. Una de las mujeres pudo escapar. Nadó y nadó por el lago. No paró sino hasta llegar donde el cielo se ponía azul. Allí subió, hasta el horizonte fue. Se detiene a chupar el cigarro. Y de ahí dio a luz, como la madre da a luz a los hijos en la pieza oscura. Y esa madre es la luna. Cuando se casó con el sol, que era amarillo y esparcía su calor, para todos hubo día y noche y la tierra daba todo cuanto necesitaba la gente, todo lo que necesitaban las bestias. Se ofrecieron sacrificios de niñas y animales en la gruta. Entonces, dice, salieron de la gruta dos personas: un hombre y una mujer. Tiempo después a la pareja le nació una criatura y otra, mellizos fueron. Pero no eran morochos y oscuros como sus padres, sino blancos, con pelos más amarillos que negros y muy suaves. Entonces los padres tuvieron miedo del enojo de la luna, como ella también era amarilla tal vez no le gustara. Las ramas blancas salen de su boca como alma. Mataron, pues, a los mellizos. Después siguieron naciendo de la pareja muchos niños más, pero todos blancos y rubios como monstruos, tan transparentes que podía verse que corría la sangre en los cuellos. Ojos sin color, claros nacían esos monstruos. De miedo no dejaron viva a una sola de esas criaturas, les abrían bocas innaturales en sus gargantas a pesar de que eran como ellos mismos, salvo el color. Miedo y asco daban esas criaturas desteñidas, de caras largas; chupa el cigarro. Con el tiempo vino al fin una criatura muy oscura. Morocha de tez y negra de ojos, pelos oscuros y duros. Gustóles tanto que, en su alegría, le daban palmadas en la espalda con sus manos heladas. De vez en cuando siguieron naciéndole a la pareja niños blancos, amarillos, a los que no dejaban vivir. Les habían dicho los antepasados: de los blancos vendrá la desgracia, tendrían la piel blanca y el pelo como el oro, dice, tirando el pucho con la fuerza de su boca. Con esa precaución en mente la pareja se negaba a criar a su enemigo. Los ojos se mueven de un lado a otro mientras escupe y se corta en medio de una imprecación.

La boca semiabierta ha perdido su color y ha empezado a parecerse al pelaje claro que se adivina tras el ultraje de la tierra húmeda y sus habitantes. A solo centímetros se abre otra boca innatural que vivisecciona la cabeza de vacuno de otro cuerpo que no le corresponde, pero cuya posición la hace aparecer cosida por la vista. Aquellas patas de conejo, de ave irreconocible más allá de los trozos blanquecinos de sus plumas, se tienden sobre otro cuerpo inmenso retorcido por una caída, que pertenece a la cabeza que ha quedado detenida al borde del agujero, donde comienza el pastizal. En su frente ha quedado congelada una mancha café de nacimiento y un ojo arañado. La garrita de un perro parece acariciarle la barbilla. Se distingue la mandíbula de un felino, el pico de un pájaro, las espaldas abiertas de lo que parece un oso del ártico, mientras uno se pregunta qué hace allí entre los restos de nieve. Bocas abiertas en las gargantas gritando una e eterna, abriendo caminos rojos desde los cuerpos hacia la hierba, dibujando la relación sobre los pelajes blancos, uniéndolos como puntos sobre un plano. Aquí casi todo es bicolor si se baja solo un poco el nivel de magenta, y entonces solo se adivina un trozo de tierra y las hierbas que sostienen como marco el montón redondo de los cuerpos diseccionados por la epidemia. Adquieren un color plateado cuando montamos sobre ellos la foto del cielo cargado de lluvia del fotograma anterior.

Ella prende las teles cuando el noticiario sale al aire, mira de reojo a ver si salgo desde detrás de los vidrios tapizados en fotos a verlo y no solo escucharlo. Hace unos minutos ella ha abierto la puerta de manera tal que podamos comunicarnos y su voz retumbe en estas cuatro paredes encerradas con cada una de sus palabras, cuando empieza la mujer a hablar de cara a la pantalla sobre el misterio de los animales muertos en las tumbas de los cerros, la llamada epidemia que los vecinos del sector asocian a otros nombres en otras lenguas y que ella no sabe pronunciar. Da paso a la cara blancuzca, al pelo deslavado, a la palidez sin vida de sus ojos, calculo, a través de la cual explica las distintas versiones mientras frente a los ojos de todos fuera de aquí, frente a sus propias pantallas, deberían estar pasando los pedazos de cuerpos, los hoyos vacíos, los restos de pieles, las caras de los vecinos, los terrenos incultos, los cerros y el resto del paisaje amarillo de la zona central. La voz de ella chilla mientras informa sobre el especialista, mientras el especialista informa sobre la ciencia, mientras se informa

con seriedad sin sustento, mientras asocia a los vecinos con lo que descarta, mientras asocia a los vecinos
con lo baldío del terreno, mientras asocia los animales
con una cadena alimenticia. Escucho a la vecina que
dice que ellos ya sabían, les habían informado desde el
sur los vecinos del territorio trasandino; no está escrito,
pero está dicho. Que no se escuche la ciudad. Yo escucho. Su voz de allá: y si acaso es verdad que creen en
esas leyendas, mitos, dice la vecina en la pantalla, que
son su ciencia. Esa vieja boca pintada. Vos la conocés.
Viene de allá. Su misma voz se vuelve seria saliendo de
la pantalla y no se burla cuando le pregunta, y su risa
espantosa frente a la pantalla, frente a las abuelas sin
dientes. Allá simulaba ante el viejo que con su martillo
apunta al espacio entre los alambres de púas y las pieles
blancas atascadas ahí. Se ríe, la boca con pintura, y su
risa se multiplica en satisfacción cuando ve que puse
el fragmento de la mujer escupiendo y la música mo-
dernizada que da ritmo a la pesadez de la imagen, a los
cuerpos muertos y a ellos tapándose las narices frente a
la putrefacción. Las autoridades, decían las letras de la
pantalla, y ella ya no se ríe y grita que cómo le ponés así
a esos campesinos y no al viejo de la capital. Y sigue en
su voz altísima chillando, me hace ver más consciente.
Qué equipo vos y yo, cuando termina y, mientras apaga
el televisor, luz y puerta.

Las escenas que quedaron fuera pasan frente a mí por la máquina vieja.

Se ve al hombre de chaleca llegar a caballo, como para que lo grabáramos, se ríe ella con sus dientes agrisados frente a la cámara. Pero cómo, si no íbamos a cruzar el cerro sin explicarle al cerco de carabineros que acechaba el territorio. Para allá están las barricadas también, indica. Tenemos que pasar, dice entre alveolos pulmonares cerrados, por donde no hay camino, vio. Traía dos caballos macizos, el más pequeño con el pelo cafecito con leche para ella. Le toma la mano y que se la pase por la mandíbula y la cabellera rucia que le caía lacia hacia el lado y frente a los ojos. Como el suyo, vio, apunta la mano en la chaleca a la coronilla de ella, ahí donde la luz no deja que se marque su contorno en ese día que se apaga.

Desde arriba del cerro, y la cámara al cinto balanceándose junto al caballo, se escuchan algunos disparos, la cámara capta cómo todos se detienen. Que nos vayamos, escupe mirando al lente y doblando con el animal

95

hacia donde estaba tupido el bosque. De troncos flacos son. Llenos de ramas peladas en esa época del año. Los disparos se detienen en las ramas y se oyen como ecos. Andan cerca, se capta. Sus labios blancuchos asustados y la calma del percherón rucio. Quien lo monta ahora escucha con el animal. Persiguen al espectro que anda por aquí, dice desde una chaleca y debajo de un poncho entierrado. Se baja de caballo y apunta a una sustancia oleaginosa en el suelo. Aquí se apropian de lo animal que hay en nosotros, afirma mientras prende la mitad de un pucho, mientras remueve los balines con el pie.

En la siguiente cinta, después de un corte, están los tres caballos al fondo de un valle. Las ramas se mueven sin que haya nada, deja impreso los ruidos y sustancias que se mueven con rapidez sobrehumana. Dice, abriéndose el poncho: vio que le atraparon el ánima de animal que tenía, y le fabricaron con arte ese cuerpo de engendro que ahora anda aquí acechando. Se la untaron en la piel de las manos y los pies, por ahí mismo donde se levanta el cuerpo, no vio, como usted. Algo le pregunta ella con la voz baja, cruzada por el frío. Reciencito finado o enfermo, de ahí lo sacan, vio. Es como el brillo más frío de la luna. En toda la tierra esta que usted pisa con el percherón están las vendas abiertas como crisálidas, un cascarón de donde sale una biología desparramada y errática, una segunda piel más blanca que la otra. Lanzando fuerte el pucho con la boca, que aquí vamos a prender el fuego para despistar al espectro. La voz del viejo con poncho y chaleca se confunde con la respiración de la máquina. Le enciendo encima el ventilador.

La imagen está negra, solo se escucha la voz preguntando si acaso puede grabar. Aquí sí, se burla, como en código. Se enciende luz de una fogata. Hay un desamparo en la mirada de ella. A su lado hay ahora un hombre joven, el profesor de la escuela donde han alojado por la noche. Lo reconozco de cuando era niño. Con una brasa prende un cigarro y lo pasa a un lado y a otro para que se les entre el calor. Hay otros cuerpos en el cuerpo, dice. Es como el ka egipcio, dice. Pero ella aún tiene cara de pregunta. Es como el doble, copia sutil y exacta del nombre. Nunca diga usted el nombre del finado, mija, que se queda aquí cuando cree que uno lo llama. Ella fuma y tose, acordándose de algo. Mientras su nombre permanezca fresco en la memoria el doble no se va, se queda cerquita. Y le gusta comer, dice, y tira el pucho al fuego, justo al lado de donde se calienta la tetera de metal. Se queda donde pasaba el rato, vio.

Las imágenes se quedan petrificadas en mi retina con el sonido del ventilador.

Ahora estoy yo caminando sobre la tierra pastosa, me siguen unos pasos. En una de las ramas, sentada como si fuera una pluma, está la mujer pequeña, pero su cara se ha puesto blanca y sus labios resecos. A veces la cosa se aconcha según los antepasados, dice, y sus labios se parten en dos, en cuatro, mientras habla. Desde uno de sus huecos sale un pucho corto. Se puede confundir respecto a la verdadera identidad, el mismo sujeto se puede confundir a sí mismo con ese otro. Se reconoce y se pierde, camina hacia el lado incorrecto. Se pierde en la mirada de los otros, que lo reconocen como si fuera otro. Nos pierde a todos cuando ha traspuesto el umbral de la muerte. Mi dedo va a cortar la grabación cuando me despierto.

Cuando abro los ojos de nuevo me doy vueltas para mirar de frente a los witranalwe, pero me despierto antes de verles la cara. Solo sé que un brillo blanco emana de ellos.

Estoy en la escuela, con las patas en el barro. Mi compañero de clases ahora es el profesor. Con sus manos nos muestra el significado de püllüdün, comprimir algo hasta hacerlo desaparecer. Se torna invisible, describe, se disuelve y se evapora como rocío, vio. De sus manos, ahora de once o doce años, como yo en el sueño, muestra lo que se ha transformado en una tierna y delgada capa que cubre una cicatriz azulina en la mano. Cuando miro, porque he reconocido a quién pertenece esa mano, solo veo emanar el brillo frío de la luna y una sustancia oleaginosa con la que se unta las manos resecas y llenas de tierra.

Cuando me despierto la niña de once o doce años está ahí, mirándome, mientras detrás ya se escucha el ajetreo del día.

Su cuerpo parece sostenerse en el aire. Este jueves la silla ha desaparecido tras sus carnes desparramadas inmensas, producen una sombra aun más fuerte que la luz de veinte watts y el computador. Dónde están las patas, y cuando uno se ha acostumbrado y ve el vago brillo se pregunta si aguantarán. Pero en su cara, veo de reojo, no hay preocupación. Se asoma la lengua roja para humedecer medio e índice, sus cejas levantadas, la frente con tres definidas líneas antes del pequeño cráneo que sostiene desde arriba sus bufidos de sorna mientras, con perfecta fricción, pasa las páginas del periódico. Lee, chasquea y corta la noticia policial de solo cuatro renglones. Me apuro para completar su reportaje, el de ella, para dejarlo en su oficina y no verle la cara una vez más, ahora sin el maquillaje ni la distancia de esta pantalla. Todavía no llega y no ve a este sentado frente a mí, que va a bufar al verla. Sostendrán una conversación, en la cual no hablo. Mientras la línea avanza junto al porcentaje me siento en la mesa con él. Se abalanza sobre el cuadradito y posa su exorbitante dedo sobre el pequeño trozo de plástico. Lo toca con la uña, no cabe nada más, para echar a andar la pequeña luz roja y resucitar los números de lo que nos mira inmóvil.

Y quién fue entonces, le habla al diario pero a mí, el Rocío. No hay coincidencia entre las fotos, dices, me dice. Sí hubo nombre, ficha de inscripción, ficha de deceso, seguro de vida. Sí hubo marca sobre la ficha de nacimiento con un 1, un 9 y un algo borroneado, o que marcaba un 2 y un 1, si un 0 y un 7 o si 0 y 5, a, b, o, r, h, positivo, negativo, una k al lado de una serie de números que cabe interpretar como si sobrevive o no, la marca de un pie ínfimo, donde la mano de un niño ha anotado dos puntos y una raya como sonrisa, si hubo una vida tras ese dibujo blanco sobre el concreto que se llama Rocío. Qué se llama Rocío, nada más que los trazos de un lápiz que se mueven, pregunta con una pasión nunca vista bajo su ojo. Guiña sobre este papel para llamar Rocío a lo no vivo, hombre, familia y que ha llenado nuestras propias vidas. No giro en la silla ni gesticulo mientras toma la otra y me lanza chasquidos maquinales sobre mi imagen cada segundo, calculo. Ya tienes material para escribir sobre tu propia duda, no le digo. Y tú, pregunta. La mantiene mientras ubico la lucecita roja frente a él, donde solo se distingue la mano gorda que entra y desaparece de un foco de luz. Hay un cementerio donde hubo vida y ahora hay un edificio, repite. Pero tampoco debe haber registros ahora inundados de cemento, me imita. Ni la Municipalidad del abogado, en sus registros no hay. Hay que ir apenas termine el porcentaje para no verla, sabe.

Prendo la máquina que respira con dificultad y corre la cinta adelante, donde avanza por una cuadrícula ministerial hacia la puerta con la luz. La imagen se disuelve, encandilándose. Las tecnologías antiguas, bufa. Y si fuera una mujer, llega con luz, Rocío es nombre de mujer. Él me mira mirar sus ojos de un lado a otro, apunta con la lucecita roja que nada ve, encandilada por la luz que emana de la niña de once o doce años. La imagen sigue avanzando y el abogado ahora explica, en fotomontaje, la versión del mártir sin nombre, que no eran dos y de veintiuno, sino uno y de diecisiete. Las palabras que no actuaba solo, pero los demás sí tienen nombre y no están; avanzan sin que las miremos. Solo la niña ve la cara en transformación, imágenes de pelos cortos y ojos de convicción. Mientras se repite la historia que esta semana he aprendido a conocer de memoria, la niña de doce u once años se ha escabullido dentro. Se ha apoyado contra la pared detrás mío. Ahora veo la luz que viene desde atrás, él la mira de frente encandilando el tercer ojo, lente que me graba. Y si fuera mujer, repite el gordo. No son o sí esas proporciones.

Vemos si el joven delgado ahora es la joven delgada que transporta otro tipo de valor por los barrotes, hacia la puerta y la cuadrícula.

Llega ella, entra solo un poco a la sala oscura, a las luces que emanan en punto desde las cámaras, los flashes y su hija. Nos ve en silencio mantenerlo, al gordo, a la niña no la mira, y pronto a mí, con su mirada fija en mí; no la quita, sus ojos modificándose transparentes, igual que su blanca piel macilenta. Recorre la cara y se detiene en un ojo, luego en otro y se da vuelta, manteniendo el silencio. La veo claramente, su figura contra la luz que emana de la hija. Un flash me despista. La hija me mira también, sus ojos oscuros maliciosos, su boca jugando con uno de los negativos entre los dientes tan blancos. Puedo ver el negativo claramente, ese del balneario del norte y la silueta de una mujer que sonríe hacia el frente. Puedo ver la cara de la mujer reventada hacia dentro de la boca de la hija, hacia dentro de su garganta, de su esófago, su hígado, afuera la escucho a ella tropezarse contra la silla envuelta en rabia, y salgo detrás suyo. El ojo de la hija y de la mujer en el negativo me siguen. Salgo tras ella. Está oscuro en el pasillo donde se ha detenido, donde se tapa la cara sollozando de rabia, donde murmura algo. En el aire quedan apiñadas las palabras: me debes una explicación. La rabia le hace reverberar los ojos como si fuera otra persona. Su cuerpo tiembla de vida y sus manos empiezan a desesperar bajo un te dije que no, que así no. Le tomo las manos a cambio de una explicación, su temblor se agudiza y no le digo que se calme. Sus ojos recorren mi cara y se mueven nerviosamente desde un ojo hacia el otro, sacando desde adentro un murmullo. Así se queda con su cara de papel y sus ojos transparentes. Me suelta las manos violentamente y lanza sus brazos alrededor de mi cuello, y pasa sus labios deslavados sobre la piel oscura. El pasillo, su mala iluminación, se llevan el eco de esos movimientos. Que me suelte, no le digo, inmóvil de asco. Por la puerta desaparece una mano que deja una marca de la luz.

VI
EL ARCHIVO DE INVESTIGACIÓN, SEGUNDA PARTE

En la silla una pierna adelgazaba. La otra subía y bajaba, intentando encontrar una posición. Una tenía frío, la otra calor; una estaba blanca, la otra cambiaba desde el lila al rojo y al verde. La casa olía mal. Habría que abrir, pensaba, las ventanas y dejar entrar las gotas que caían congeladas como flechas hacia dentro de la casa por las rendijas, los maderos, el barro.

¿Recuerda cuando desmantelaron el laboratorio de la academia y él la invitó a trabajar en su casa? Le informaron de eso a través de un sobre que le fue deslizado dentro del bolso negro por uno de los jóvenes ayudantes que escribían todo lo que él decía, textos que ahora formaban parte del manual. Caminando le tomó más de una hora subir el cerro y llegar hasta la dirección que le habían dado. La casa del científico experimental estaba en uno de esos barrios recién inaugurados de la ciudad, entre arquitecturas modernas, grandes patios anteriores, el pasto bien cortado, una reja larga y cámaras de seguridad. La de él no tenía nada de eso:

parecía más vieja, con construcciones más pequeñas que las otras, con un patio más grande y salvaje. Los jóvenes ayudantes esperaban al lado de la reja negra, mirando silenciosamente el andar de los perros callejeros. Mientras todos ellos permanecían absortos, usted veía al científico experimental salir de una caseta ubicada a algunos metros de la casa, caminar hacia la reja con una bata celeste y anteojos de protección, y gritar casi con alegría. Vestido así, los hizo pasar al salón principal de su casa, donde una mujer mayor la miró a usted con detenimiento.

¿Recuerda la primera vez que lo veía a él rodeado por ese mobiliario moderno e impersonal? ¿Recuerda cuando la mujer mayor que limpiaba la casa la llamaba, única mujer entre los ya conocidos, para que fuera a la cocina? ¿Y que usted no se movió? Él se fijaba. Lo notó usted cuando él ponía su puño sobre las planillas en blanco que ubicaba sobre la mesa del laboratorio. Quitaba los papeles de sus manos y todos miraban el lápiz que había dejado su mano en el aire. Usted debía traer el té calladita aun cuando la llenaba de rabia andar por esos pasillos y enfrentarse al silencio de la anciana. Debía preparar un té con esa agua de sabor particular que recordaría siempre como algo propio de él, como si esa casa estuviera emplazada en otro país. Allí todos trabajaban, menos usted que no podía hablar mientras miraba al resto moverse cómodamente entre objetos conocidos. Había demarcaciones en la mesa del laboratorio y el nombre suyo simplemente no estaba. Todos sostenían sus lápices, compartían datos, acercaban sus cuerpos como amigos. Usted en cambio no reconocía nada bajo el microscopio, ni en las diapositivas que se proyectaban, ni en las marcas del inventario que colgaban en la pared. Todo transitaba como si debiera saber qué hacer y cómo.

Desde una esquina usted veía que uno de los ayudantes se sacaba la ropa y se disfrazaba con un uniforme peculiar, al lado del cual otro traje descansaba tenso sobre un gancho. De reojo captaba que ahí cabría su cuerpo y él, con apenas una mirada, le indicó que se lo pusiera. Instruida por los pliegues de la tela usted ajustaba el cinturón con su saco plástico, que apenas le permitía caminar. Seguía usted al ayudante, tropezándose con el overol azul, seguía también la voz del científico experimental con instrucciones. Les sostenían la puerta para que salieran hacia la calle, por donde usted y el otro ayudante caminaban en silencio hasta donde ya no había más casas ni autos, donde solo un par de camiones pasaban mirando lentamente las mascarillas que sus manos sostenían contra sus caras. Enfocando los ojos, mirando a través del vapor que se acumulaba en la mascarilla, usted empezaba a distinguir los cuerpos aplastados de las ratas, las liebres, los perros, los gatos.

El ayudante recogía uno a uno con la mano, mientras ahuyentaba las moscas con la otra y con un spray que lanzaba hacia los cuerpos muertos. Se detenía al lado de un pájaro, esperando que usted lo recogiera. En un momento, cuando ya las bolsas plásticas iban llenas, usted vio al ayudante apurar el paso, botar la lata de spray al suelo y dar un salto certero sobre una roca. Atrapaba a una liebre viva y la metía en la bolsa plástica junto a los otros cadáveres. Usted veía los movimientos de la liebre y emitía algunas mínimas quejas parecidas a arcadas, pero el que la acompañaba ni se inmutaba. En vez, lo veía caminar hasta una covacha de ratas e introducir viva a una de ellas en el mismo saco. Se retorcía como un condenado a muerte en una piel de lobo con un puñado de culebras y un perro hambriento.

Caminaba nauseabunda al regresar en medio de las casas nuevas y silenciosas. No miraba a nadie mientras se sacaba el overol y quedaba en camiseta y calzones, ni cuando le pasaron un té con azúcar que no pudo recibir, porque se lanzó al baño a vomitar. Cuando salía, ya vestida, con la cara lavada y con el color de vuelta en la cara, el científico experimental le ofreció una silla para que mirara cómo entre él y sus ayudantes seleccionaban los cadáveres. Sacaban pedazos de la liebre y la rata gorda que, asfixiada, había regurgitado parte de la carne que había comido.

El cerro hervía de frío. Las ráfagas de viento y de agua, como olas por la ventana, se mezclaban con el fuego y el metal, con la tierra, la madera. Lavaban las cacerolas, tiraban los botellones, los reventaban contra el suelo, junto a la taza, antes de que sus fragmentos fueran arrastrados por el agua. La mano aguantaba las sucesivas capas de sábanas, de cortinas, de ropa, y la voz que era reemplazada por el golpe de la lluvia acompañaba a la de los pájaros negros que habían decidido salir a mirar el temblor de la tierra. La primavera quiere llegar a los cerros, derritiendo todo a su alrededor. Se siente el aire aromático. Los pinos y los eucaliptos lo perciben. Era invierno dentro de su cuerpo, en cambio; a su paso todo era hielo y nieve. A través de los diluvios, desde los cerros y los cielos, usted veía la luz que salía del cuerpo de la ciudad y que iluminaba todo bajo las nubes. No había disco lunar, dice, como en el libro, en esa noche valpúrgica.

Al final del ascenso podría haber solo oscuridad y luz,
que saldría de los ojos que se lanzan hacia fuera desde
las estatuillas que sostendrían los cerros. Desde la oscuridad absoluta de un valle se pasaría a la iluminación
del otro, y aquella luz habría de invadir el lente, llevá-
ndolo a un fundido a blanco.

Era tarde, pero nadie se iba. Usted lo había visto cerrar la puerta de acceso con llave para que no entrara más que la mujer con los tés. Los cadáveres yacían dispuestos sobre la mesa, ordenados, y uno de los ayudantes ponía al frente de cada ejemplar un papel con un nombre. Él los iba acomodando y puso su nombre frente a un pedazo de liebre. Usted se ponía el delantal y se acercaba de a poco al cuerpo trizado que yacía en la camilla metálica. Todos los que estaban allí lo miraban manipular las pinzas y el escalpelo frente a las lupas de sus ojos. Usted lo observaba, sorbiendo su taza de té con azúcar, hacer cortes sobre el cuerpo de la rata hasta dejarlo plano sobre la mesa, sacar de allí el ojo disuelto de la liebre y ponerlo frente a usted, junto a los pedazos de cuerpo que debía recomponer, de algún modo, con el ojo. Usted veía cómo todos se ponían a trabajar sin vacilar sobre los cuerpos, cómo sacaban los pedazos de las pieles y las ponían en frasquitos con nombres, siglas y números. Usted no se movía, sus ojos absortos, hasta

115

que el ayudante que siempre lo seguía a él y buscaba ser un científico experimental; le golpeaba el codo con rudeza. Usted recibía el escalpelo de la mano del científico —estaba tibio— y él ponía su cuerpo cerca del suyo para guiar sus movimientos y así dañar menos la piel. Él ubicaba frente a usted un compuesto con una sigla, un pincel de fibras de cerda, hilo de cuero curtido rebanado finamente y aguja. Él no decía nada, pero era esa la tarea que usted vino a realizar entre todos ellos. Mientras los otros anotaban o miraban por el microscopio y murmuraban tras unos lentes extasiados ante el poder del científico, usted recomponía los cuerpos, los cosía con hilo y aguja, fabricaba el hilo, descubría cómo mover la aguja. Los otros ponían pedazos de cadáveres sobre los líquidos y se iban de la caseta a fumar o a caminar calle abajo, apenas anotaban sobre la planilla. Usted, en cambio, tenía otros tiempos y se quedaba. Por horas y horas limpiaba los cuerpos hasta que la caricia bajo los guantes se hiciera perfecta, probaba la tensión de las pieles, de los pelos, de los ojos, de las cavidades, hasta fabricar un cuerpo de los pedazos que otros perros, otros jotes, otras moscas y otros gusanos habían desgranado. Si acaso, probaba, el punto bolo funcionaba mejor en la piel de la oveja. Si acaso la piel del cerdo solo aguantaba el revés para que quedara firme. Los cuerpos muertos que a diario llenaban las estanterías de la caseta ya no parecían ni vivos ni muertos gracias a su talento manual. Parecían otra cosa, no eran ellos mismos una vez que se fundían en el escaparate de la ciencia. Usted se daba cuenta de que él se quedaba viendo las estatuillas, como usted los había llamado en su mente, y les tomaba fotografías que guardaba en un cajón junto a los papeles que luego constituirían el manual.

Usted ya no dormía por las noches, había perdido el miedo en las caminatas nocturnas por esas calles de casas grandes y siniestras. Y procuraba demorarse al caminar de vuelta a su casa por el lado de la carretera. Ya no tomaba el bus. Solo caminaba por horas de un punto de la ciudad a otro, midiendo los bosques, las calles, las ventanas, las vidrieras y los ojos con que se cruzaba.

Cerca de la casa del científico experimental existía un terreno con árboles, ¿lo recuerda? Solía caminar de vuelta por el lado de la carretera hasta que descubrió ese atajo a través del bosque mutilado, por el túnel que separaba ese barrio con el resto de la ciudad, bajo el cerro. Por ahí no pasaba nunca nadie, solo animales. En primavera se asomaron las luciérnagas y se podían ver, en las noches sin luna, las luces que venían de alguna parte del bosque o detrás de él, del otro lado de la ciudad. Para usted todo allí parecía muerto o durmiendo. Y su oído captaba claramente los pasos de las ratas que cuidaban sus nidos, las ramas que los perros cazadores dejaban atrás.

¿Se acuerda de aquel que la acompañaba cada noche? Tenía la cara negra y le cruzaba un color dorado por un ojo hasta el hocico. Era joven y asustadizo. Siempre andaba solo y los otros animales no lo querían. Bajaba el cerro por el túnel con usted cada noche, y de vuelta por las mañanas. Acomodaba fácilmente su rutina a la suya, y usted ya no podía caminar si no era con él. Por las mañanas usted lo esperaba. Él le ladraba a los movimientos de las hojas, entraba y salía del bosque instigado por luces de proveniencia incierta, y nunca recibía los pedazos de interiores, ni cocidos ni crudos, que usted de vez en cuando le traía. Esa boca exhalaba un olor pútrido.

Un invierno el perro dejó de aparecer. Coincidió, usted lo recordaba así, con la llegada de una caja que la mujer que traía los tés dejó en el centro de la mesa. Frente a los ojos de todos la caja se movía. El ayudante que siempre seguía al científico experimental mostraba a todos los cientos de suaves ratas blancas vivas que caminaban unas arriba de otras intentando encontrar la salida. Él abría una puerta al fondo de la caseta, esa que siempre mantenía con un candado, y señalaba a todos otras decenas de cajas de acrílico dispuestas sobre estantes metálicos. Los ayudantes comenzaban a ubicar un ejemplar de las ratas en cada caja. Detrás venía otro ayudante, enfundado en blanco y mascarilla, y las marcaba con nombre y dibujo que luego otro, tras una mascarilla celeste, repetía en una planilla. Sobraban tres ejemplares, los cuales el científico experimental ubicó juntos en una caja; un macho y dos hembras.

Usted debe recordar las instrucciones y los compromisos. Y que desde entonces en vez de despedazar los cuerpos de los animales muertos en la carretera —se hacían cada vez más escasos— cada uno de los ayudantes bajo su microscopio debía insertar semillas de muestras que habían extraído de los cadáveres para que germinaran en los cuerpos blancos. Los ayudantes trabajaban varias horas seguidas, durmiendo en los sillones, las camillas, sobre las mesas y los escritorios. Una vez que terminaron desaparecieron por la reja negra bajo sus abrigos gruesos y dejaron la caseta vacía. Mientras usted cosía en la habitación, sola, nada más que con las raspaduras de las garritas de ratones en las cajas, los veía de vez en cuando entrar nuevamente con los cachetes colorados por el frío para anotar alguna cosa que acompañaban con un grito de éxito o un bufido de satisfacción. Luego usted los veía frotarse las manos, subirse los cuellos de las chaquetas y nuevamente partir a través de la reja negra cerro abajo. A veces la puerta quedaba abierta y a ciertas horas del atardecer veía a unos pocos perros pasar por fuera de la casa. Nunca al de la marca en el ojo.

La mujer que traía los tés venía por la puerta con una estufa eléctrica, ¿recuerda? Y la ubicaba cerca del escritorio. Desde entonces él se instalaba ahí, a ordenar los papeles y las fotos mientras usted nada más cosía y tejía las pieles que aún faltaban. Recuerda que en ese tiempo que pasaban solos en la caseta él le dirigía la

121

palabra con un dejo personal, que adónde vivía, repitió varias veces. Usted le hablaba de la pieza, y él cavilaba sobre sus caminatas cerro abajo a través del túnel, a más de dos horas de ahí. Sonreía a medias sin despegar los ojos de las manos enguantadas o del manuscrito que escupía la impresora.

Eran las doce o una de la madrugada cuando usted ya había terminado la rata de siete cabezas. Viajaba por la carretera, el cuello de la chaqueta hecho un muño alrededor de la barbilla, frotándose las manos, soplando entre ellas. Por primera vez en mucho tiempo el perro de la mancha dorada sobre el ojo la esperaba a la entrada del túnel. Le salía un tufo blanco por el hocico que dibujaba una mueca de sonrisa permanente. La luz del poste permitía verle los ojos por primera vez; el que estaba rodeado por la mancha dorada no era igual que el otro: estaba en blanco. Caminaba al lado de usted por el túnel, más cansado que otras veces. Al frente, su hálito blanco se congelaba de cara al bosque y de un momento a otro la quietud se transformaba en una cacería salvaje; usted lo perdía de vista. Sus silbidos no ayudaban en nada y la espera fue inútil, hasta que ya no daba más de frío.

A veces usted recuerda andar por el camino y escuchar dentro del bosque las pisadas de lo que caminaba a su lado. El hálito pesado, su olor pútrido le llegaba desde entre los árboles, desde detrás de los arbustos, desde el fondo de la tierra, y cada tanto divisaba el ojo blanco que se prendía como un foco de iluminación tenue desde los bultos que se levantaban entre la frondosidad oscura. De a poco su encuentro con el perro se redujo a escuchar su presencia, a su compañía desde el otro lado de la niebla que separaba el asfalto de todo lo demás.

El manual estaba casi listo. Los datos escritos, el lenguaje técnico inventado, las hipótesis comprobadas, las conclusiones enlistadas. En la reunión usted escuchaba al científico experimental presentar el título, su voz impersonal, su lenguaje que profería las fórmulas que daban forma a las ideas. Él se quedaba sin aire. Usted se quedaba sin aire, su pulso acelerado, la sangre que se acumulaba en la mejillas y en la punta del pecho. Después de un silencio escuchaba a uno de los ayudantes protestar por la poca rigurosidad científica que animaba el argumento, a otro que decía que sonaba a macumba y luego a otro que argumentaba que apestaba a zoolatría. Luego todos hablaban a la vez, los cuerpos empezaron a pararse, las manos se movieron de un lado a otro gesticulando fuerte sobre las ropas del otro. De voz a grito, de grito a ofensa. Finalmente el ayudante que seguía al científico experimental le indicó al resto que era hora de marcharse, que nadie les robaría su trabajo. Usted se quedaba allí mientras lo veía sentarse al escritorio, al lado de la estufa, y calentarse con una manta mientras movía los papeles entre las manos y los guardaba bajo llave.

Usted se iba quedando allí. Usted ya casi no bajaba por el camino. Lo veía abrir el candado que cerraba la puerta y poner cada una de las cajas de acrílico sobre la camilla metálica que había en el centro de ese habitáculo trasero, y quedarse horas revisando los datos, los progresos, y corrigiendo las entradas. Así lo vio usted durante días, meses, mientras las hojas impresas con correcciones se acumulaban sobre la mesa, en los cajones, y las ratas blancas cambiaban de color y vivas adquirían la misma textura de aquellos animales tiesos que usted seguía fabricando con pieles, almohadillas aromáticas de diferentes compuestos químicos e hilo de cuero delgado. En la caseta, entre esa oscuridad, entre los olores a formol, químicos, materia biológica y microscopios, usted poblaba las esquinas. De noche él la veía coser, y de vez en cuando soltaba alguna palabra que se extendía suavemente por horas.

¿Recuerda esa mañana en que decidió abrir el cajón con el manuscrito? En las últimas páginas el manual se concentraba casi por completo en sus estatuillas, y a veces las fotos incluían fragmentos de ese cuerpo suyo concentrado en tareas manuales. Uno de los capítulos contenía los moldes que el científico experimental había sacado de sus modelos. Las pieles estaban desplegadas como telas. Por el rabillo del ojo usted alcanzaba a fijarse en el alboroto: varios de los ayudantes, entre ellos el que seguía al científico experimental, entraban por la reja negra envueltos en sus abrigos gruesos. Veía a los jóvenes empujar al cuerpo viejo contra la pared, entrar a la caseta y arrebatar las páginas del manual de sus manos. Los miraba romper el candado y aspirar el vaho nauseabundo que salía desde la habitación del fondo, similar al que usted ya había olido en la boca del perro con el ojo dorado. Usted emitía apenas algún sonido de protesta mientras advertía que ellos se tapaban sus narices y sacaban las cajas con las ratas de colores. Se llevaban las muestras que ellos mismos habían abandonado. La voz suya iba haciéndose más fuerte, su cuerpo más violento, hasta que uno de ellos la empujó encima de una de las muestras. Le cayó sobre los ojos. Desde el suelo intentó levantarse, pero los olores ya habían entrado en su cuerpo. Distinguió con sorpresa, tras los jóvenes, al perro con el ojo dorado que se lanzó contra usted. A su paso el animal lo botaba todo: agujas, pieles, estatuillas, tarritos, muestras, líquidos, químicos encima suyo. Ardió el pelo, el brazo, la cara, el pecho. De un mordisco le desgarró parte de la pierna, el olor de su hocico encima suyo. Uno de los ayudantes logró separarlo de usted y meterlo dentro del auto blanco. La mujer que cuidaba al científico experimental lloraba con la boca tapada por un pañuelo.

Debía limpiarse de inmediato, lo escuchaba decir desde el suelo. Se encontraba de repente desnuda en una ducha. Por el agujero de la ventana entraba el olor a quemado. La mujer que cuidaba al científico experimental vigilaba un fuego. Al lado de la toalla usted encontró ropas viejas de niño que se ajustaron a su cuerpo como un disfraz. Sin tocar, la mujer que solía traer los tés se llevó la toalla con unas pinzas y las echó al fuego junto con el delantal, los tablones y los pedazos de piel que habían quedado tirados. El olor a carne quemada lo inundaba todo. Apenas podía usted ver. Y no recuerda quién la conducía hasta la camilla de metal. Lo escuchaba a él entre sus propios quejidos preparando las herramientas metálicas. ¿Pinzas, tijeras, escalpelo, la jeringa que la hizo dormir? Solo recuerda haber despertado, ¿cierto? Y que habían quitado el espejo del baño. Levantaba la mano con dificultad y con ella sintió la ausencia de pelo, las vendas encima de la mejilla, encima del brazo, recorriéndole el pecho, una especie de carcasa en ciertos lugares y la voz de él ordenándole que debía dormir allí, recostada sobre la camilla de metal, en la pieza donde aún algunas cajas de acrílico permanecían desocupadas en el suelo.

Las paredes de la fábrica serían apenas visibles. Observaríamos cataratas de objetos desde cada rincón. Una de las paredes sostendría cajas de distintos tamaños y colores, cada una de las cuales llevaría un nombre con una etiqueta de distinto color y signos indescifrables para un ojo no especialista. Por las barras laterales haríamos caer alambres, plásticos, bolsas, tubos, herramientas y utensilios clasificados por tamaño y uso con cintas de color añejas y deshilachadas, y que se desplazarían orgánicamente ocupando cada espacio visible de la pared contigua. Sus estructuras metálicas estarían sujetas mediante cadenas y pernos a la rejilla que ocuparía el hexágono superior de la otra pared. Allí no habría concreto ni madera, sino una serie de holluelos que cada tanto exhalarían un vapor amarillento e inmediatamente se llevarían todo el aire que circularía provocando así un movimiento regular. Eso les daría una calidad biológica al expandirse, contraerse y quedar impresos en el vacío metales y plásticos al mismo tiempo. Alrededor de la puerta, sobre las molduras de yeso y las figuras de los querubines blancos, se ubicarían las caras y el resto de las pieles de los animales que habrían sido formadas por almohadillas aromáticas y puntos cruz. Así las caras de las guaguas se mezclarían con las prótesis angélicas, con los ojos cosidos de un zorro culpeo, los dientes de un puma enano, el vientre rosado de un guarén, los pelos erectos de la liebre y las incrustaciones falsas, a falta de ojos, de escarabajos verdes. Las sucesivas caras caerían en torrente desde el techo hacia el centro de la habitación, direccionando los cables y los tubos que se recogerían sobre alambres para descender por los lados hasta el suelo que estaría cubierto con varias capas de plástico corrugado, procurando dejar espacio para la única apertura de luz natural que admitiría el cubículo y que llegaría directamente desde el cielorraso.

Una camilla metálica se levantaría en el centro, el peso sostenido por cuatro patas en espiral con ruedas. Tres cables conectarían la habitación a la cara de quien ocuparía la camilla, su pelo recogido en un ceñido casco, su cara moldeada por la apertura y las junturas pielaginosas fabricadas con mano experta. Cuatro líneas de piel e hilo cruzarían el rostro marmóreo. El labio rojo habría quedado intacto. Su cuerpo habría sido tapado a medias por una manta de seda hasta el cuello.

Los tubos conectados a sus brazos desaparecerían bajo la tela celeste.

Las cadenas se balancearían por el último respiro de las rejillas y apenas golpearían las paredes de metal. Los párpados de la mujer en medio de la habitación se abrirían apenas con un movimiento flojo. El único otro movimiento en la habitación sería el del ojo vacío de un querubín que se abriría, enfocaría a la mujer y se cerraría justo cuando hicieran contacto visual.

VII
LOS EXTRAS, SEGUNDA PARTE

Las dos mujeres parecen estar alargadas, ocupan dos tercios de la pantalla cuando antes lo hacían por completo. El afiche sigue ahí, las dos miran fijamente hacia el fuera de campo. Se oye una de las sillas respirar. El otro tercio lo llena otro cuerpo igual al del doctor, que para parecer más alto ha sido ubicado en un ángulo distinto al de las mujeres. En su tercio el color de fondo difiere levemente del resto. Ha sido puesto allí, falseado.

Quien encarna a la turista habla de cómo en esa escena ella planificó que en aquel instante la expresión cambiara por completo, y que abrir la cartera fucsia y sacar el ungüento pareciera un movimiento mecánico, gatillado por cualquier estímulo externo, así como desenroscar, apretar, esparcir con movimientos circulares los restos de hierbas y riachuelos machacados y procesados. El prurito cede al masaje y el movimiento circular torna rápidamente el frío quemante en calor y en prurito nuevamente hasta que nubla la vista. Una vez que las faldas vuelvan a su lugar el ungüento pega las telas,

transformando lo claro en un tono más oscuro, amarillento, cafesoso y con un olor insoportable.

Esa posibilidad es solo la más remota que la persona a cargo debería descartar, interrumpe la actriz
obesa, mientras su silla sigue respirando. Porque cualquier experiencia se puede leer como algo que ya se
ha contado. En este caso sería la del secreto y la de
la sexualidad. Todo se acabaría, entonces, con el coito
entre la turista y el doctor. Más interesante sería insertar una historia que el espectador piense que es de su
propia vida, que se le implante un recuerdo que no sea
suyo. Por ejemplo la historia de un viaje por la carretera. Manejando iba él, mayor y con el pelo entrecano.
Pasábamos por el camino monótono de los bosques
tupidos, mientras yo cantaba una canción en mi mente
una y otra vez hasta que se quedó dentro mío como
una marca. El vaivén del auto me hizo dormir. Cuando
desperté estábamos detenidos en medio de un bosque
frondoso. Un caballo me miraba por la ventana, mientras él, mayor, estaba durmiendo frente al manubrio.
Tuve que revisar si aún respiraba. Mis movimientos lo
despertaron y partimos. Esta historia la escuché de la
persona a cargo, pero es mía. Yo se la conté hace tiempo. Y se la conté de nuevo, tantas veces de manera distinta hasta que un día él me la contó a mí como si fuera suya. Ahora la ha puesto en el documental que está

en este material extra, y puede adoptarla el espectador como si fuera suya también. También es posible que la historia no sea de ninguno de los dos y que hayamos visto la misma secuencia en otra parte. O es posible que lo mismo nos haya sucedido a los dos, pues no es una historia tan inusual.

Cualquiera que sean las posibilidades, todas llevan a la misma parte: a mí. La boca de la mujer obesa se sigue moviendo, pero no sale sonido. El que edita los extras ha considerado que lo que dice es irrelevante. Ahora habla el que encarna al doctor. Mi personaje es un imán. La calidad de su voz metálica refleja otro micrófono y un flojo trabajo de post. Todo termina en él. No importa cuáles sean las posibilidades, la única relación seria que establecen los personajes de las mujeres es a través de mi personaje. Por eso se ha decidido introducirlo después de que todo ya estuviera en cintas. No importa si (a) se conocen en ese mismo café, (b) viaja a su conferencia, (c) se la recomienda alguien, porque en a, b y c terminan sentados uno frente al otro alrededor de una mesa, la de la consulta, el escritorio donde firma los libros o la del café. Siempre es el mismo final. Todas las historias llevan a que esa mesa se transforme en camilla, el lápiz en bisturí, el papel en placa de microscopio; en receta; en que cada mañana cuando se levanta su primer pensamiento sea sobre el tarro que está al costado de su cama con mi nombre impreso en él; hacia su cuerpo; a las cremas resinosas que yo mismo he mandado a preparar; a que desde la mesa yo lo sea todo, sus pensamientos como prurito y que solo así venga a mi consulta, a mi conferencia, hasta que inevitablemente me siga por el mundo, leyendo mi mente, adelantándose incluso a mi llegada para hacer parecer nuestro encuentro casual. Y solo será una posibilidad, entre tantas, el hecho de que yo mismo esté alimentando su obsesión al ofrecerle lo imposible.

En el espacio amplio del set, con los carteles dispuestos en dos atriles en los bordes de una escenografía que representa una consulta con molduras blancas, se han sentado en filas quienes encarnan a los recepcionistas, los que atienden los cafés, los paseantes ocasionales, aquel que lleva el perrito con correa, los que abren las puertas en las recepciones de los hoteles, los que están detrás de los mesones en las oficinas de turismo y en las consultas albas de los doctores y las curanderas. La que tiene una línea de diálogo, debido a su perfecta pronunciación aprendida en la academia nacional de locución, se prepara para recitar la carta que la curandera de piel violácea, interpretada por la actriz obesa, ha escrito. Con la voz solemne, alargando las vocales y marcando las consonantes, empieza.

La turista volvió al día siguiente y al siguiente, cobrando confianza en mi reticencia a hablar. La veré buscar los hilos perfectos para envolver su cuerpo, sus piernas, sus manos, lo suficientemente estrechos como para recoger sus dedos en un solo paquetito. Poco a poco su carne irá pareciéndose menos a la mía; rápidamente adquirirá un tono amarillento, rosáceo, rojizo, café. Iré viendo su transformación, la iré anotando a medida que se ponga de pie, de rodillas, las manos juntas o separadas, mirando al cielo y preguntándose por el origen de sus ronchas. La veré entonces mirar los tarritos y las tazas en el borde de la ventana de la tienda con olores, hierbas, flores y menjunjes que trizo con el mortero de piedra, el de madera y el de arcilla. Jugaré con ellos para que huela, pregunte, se violente hasta que vuelva, pues el sol no cerrará las heridas como ella piensa, sino que las multiplicará reanudando el color rojo ahora en la parte trasera de las rodillas y entre los dedos de los pies, a medida que vayan llenándose y supurando el color rojo que cabe dentro de los tubos blandos e hinchados. Entonces tomaré el bastón y caminaré por la ladera del cerrito, recogiendo las hojas húmedas para lavar su cuerpo. La enviaré al sol, la dejaré secar, mientras ella camina entre los vivos que se mueven con gestos infantiles, como queriendo chuparles la vida. Beberá con ellos, responderá a todas las ofertas del voucher del hostal, irá a los campos de caña, al agua salada, se dejará secar al sol, se pondrá mis aceites y resinas para estirar la piel que ya se endurece, caminará por la ladera destruyendo el decurso de las plantas, romperá las vasijas creyendo encontrar un tesoro, verá los puntos cardinales a través de una lupa gigante, mirará a los ojos al desconocido, creyendo encontrar el amor cuando él solo esté mirando al vacío.

Mientras, amasaré la arcilla, la resina, el eucalipto y el yeso. Guardaré su cara en mi pupila y amasaré hasta encontrar algún parecido. Cuando termine no serán sus ojos los que miren por las concavidades, no será su sangre la que recorra sus tubos, no será ya su pelo, ni sus gestos. Todo será su recuerdo tan mío como de cualquiera, atemporal, una idea de algo inconcreto, una memoria tardía de una vida que no le perteneció más a ella que al servicio para turistas.

Mientras lee, la cámara pasa por cada uno de los que están sentados en las gradas. Miran con atención, sonríen hacia el lente y pronto se disuelven hacia la escena de la pieza del personaje que ha escrito la carta:

Es una mañana clara, pero ella no se levanta. Mira en vez el mesón que anoche no desalojó: las tazas, los papelillos que cubrían alimentos, las migas, el cenicero, los restos del mate y el termo a los pies de la cama. Solo escucha los primeros gritos al lado, por la madera delgada. Recuerda el vago sentimiento del trabajo en un día de verano cuando oye el auto vecino rechinar contra un transeúnte. Recorre imaginariamente las calles, los pasajes, las vidrieras hasta llegar al candado conocido que levanta con esfuerzo porque apenas lo alcanza. Escucha su jadeo. Allí se queda, mirando las calles vacías. Entonces vuelve en sí, mira debajo de la colcha los pedazos de piel blanca que relucen con la luz de la ventana, y su cortina violeta. Mira el mesón, las hojas, los cuadernos, las rayas sobre el papel, y recuerda el peso de su cuerpo que no levanta por otros minutos más.

Cuando termina, la mujer de perfecta dicción se sienta junto a sus colegas. Ahora los que hablan no están en la misma sala. Uno de ellos se ha sentado en las sillas de maderos cruzados y telas frente al póster de la película. Su nombre no aparece en los créditos. Y comenta que siempre supieron quién escribía la carta, que era la mujer mala, la vieja macumbera que quiere cagarse a la turista que es una cabra buena, no sabe ni dónde está parada. Él hace de recepcionista del hotel, ese que recibe al Dr. cuando llega a la convención. En otra escena él logra contacto visual con la turista que se va a atender con el Dr. Eso es importante para ella porque, según el guión, gracias a esa mirada ella se siente menos confundida. Su personaje es un tanto idealista, y no le costó nada interpretarlo porque él también es así.

La pieza es transparente, aun para quien se sienta allí con los ojos cerrados, pues el claqueteo del hombre de traje y sombrero suena duro y mudo con la misma frecuencia sobre cerámica y alfombra, en contrapunto con la puerta que, gracias a un sensor, se abre y se cierra intermitentemente; perfecta introducción para que aquel ritmo propio del aburrimiento sea intempestivamente interrumpido por miles de ruedas y patas y voces que tratan de insertarse en un mundo desconocido de manera excesiva.

El escándalo se disipa entre el silencio y algunas palabras que prefirieron quedarse allí en boca de otros. Aparece una mujer, la última del grupo o la primera del otro, o de ninguno de ellos, que prefiere hablar en murmullos. Ahora es lo único que musicaliza el lobby, pues el hombre de traje se para con las manos recogidas tras la espalda, mirando de reojo cuándo será el momento de moverse y recibir un billete. Pero justo cuando el hombre de traje y sombrero le indica a otro en la calle que debe seguir al fondo, la mujer ha desaparecido. Tampoco está el recepcionista. El hombre de traje largo y sombrero se acerca al mesón y mira y ve salir al otro de traje y corbata, y sube la voz para preguntarle por la turista.

Se sienta un hombre joven, de grandes músculos, con chaqueta de cuero y masticando un chicle. Dice, sobándose la nariz, que él encarna al pescador, y aparece un momento en el balneario donde está la turista. Se arrepiente, agrega, porque a él no le gusta la violencia.

El ruido de las radios cruza entre los paseantes. La turista unta el cuerpo con el aceite. Levanta otro cuerpo que parece ahora flotar en el aire acuoso. Cruza las cuadras, el cemento y la arena, ubica a los bañantes y pone su toalla entre ellos, entre los miles de telas plásticas que cubren metales, mantos y vida que arman el desarmado puzzle del día. Cerca de las rocas un hombre golpea a un animal con el palo de una red. El animal carga a otro ensangrentado en su boca, tiene una herida en el lomo: una mordedura del hombre que, resignado, toma su caña mientras mira los cuerpos que se tienden frente a los dientes depredadores.

La mujer que ahora está en plano medio dice que fue hace tanto tiempo que ya casi no se acuerda. Le pidieron no más aparecer porque ella trabaja allí en la agencia, pero que se veía distinta, ella y la oficina, en la pantalla. Que le gusta, señala, porque ahora siente que su vida no pasa así tan rápido.

La turista conserva la imagen al pasar por fuera de las vidrieras de las oficinas, a la salida de la puerta del edificio hacia la izquierda. Siente un temblor cálido recorriéndole las piernas hasta sus tacones gruesos cuando recuerda su pelo lacio, del mismo negro que el abrigo que ahora le cubre hasta más abajo de las rodillas. Se funde con el agua turquesa, las palmeras, la arena y los cuerpos tibios de aquellos nombres cuyos lugares aparecen en letras blancas.

Hoy lo blando y enfundado se posa sobre lo duro y frío. Lo gira, lo destraba, lo cruza. El sonido es el único efecto concreto del tacto con la madera y del plástico contra lo gris, armando con sus sucesivas impresiones una música rítmica que se acelera y se ralentiza cuando al fondo se aproxima un sonido amenazante. La melodía bifónica y el ritmo se detienen al momento de ponerse a funcionar el órgano de viento con la pesadez del calor interno del instrumento. Signo de los restos de aquella música es un vaho de vapor que se usa para enfriarlo. Lo blanco repite el gesto sobre lo duro y frío. Esta vez hiede por los gases que salen de los cuerpos y de los hoyos en las cajas de piel nívea. Dentro, la mujer detrás del escritorio mueve las páginas ordenadas alfabéticamente y por rangos de precio.

Está oscuro y apenas se distingue el trazo blanco sobre el suelo. Desde dentro viene una luz, es apenas legible, pero avanza hasta tomarse toda la pantalla y finalmente reemplazar el negro como si quemara. Ahora las luces detrás de ella vienen desde el escenario donde el contorno del cuerpo femenino no se ve, solo un sombrero que tapa la pantalla, y luego los brazos que pronto son silueta, la joven con metralleta, los pies caminando sobre el agua, los dientes que resplandecen, los pantalones casi sin tocar el muslo de tan cortos, el tacón alto, el pelo suelto, claro, negro, quieto en movimiento, los ojos, la boca, la pantalla en blanco donde termina la secuencia elaborada que funciona en su totalidad como un solo cuadro.

VIII
FOTOGRAMAS Y SECUENCIAS

La imagen se ve granulosa, pero es efecto de la luz sobre cada pedazo de árbol, hoja, rama y piedra que desmembra su continuidad. Entre el humo, cuatro columnas parecen sostener el peso de la escenografía para que no se caiga hacia adelante y deje aparecer el aparataje. En medio de la boscosidad camina la figura femenina con un casco, sus cables cuelgan hacia atrás como cabello. Su cuerpo no está en pelotas, sino que el metal del que está hecho brilla en el brazo con el sol como sus costillas. No podemos ver tanto detalle, pero sus párpados están cosidos con hilo inorgánico. Si abriera los ojos saldrían rayos que prenderían fuego a toda la fauna que hay alrededor, y cuyos ojos se asoman por entre el follaje cubierto de un rocío que ha sido puesto por el escenógrafo para que el verde brille.

El fondo ahora está dividido por un cielo gris; el verde ya no es frondoso, sino que es corto y hay trozos que están empezando a secarse. El cuerpo de mujer envuelto en telas amarillas ahora se agacha a disponer las ramas en un círculo sobre otras ramas con que prenderá un fuego. A su alrededor, en todos los cerros a su alrededor, están las figuras de los animales que ha cosido y paralizado en almohadillas y que ha dispuesto durante su estancia en la punta del cerro, cada uno coronado por una figura de varias cabezas, innumerables patas y ojos saltones hechos con pedazos de botellas plásticas cuyos golletes de colores forman una montaña que equilibra y dota al encuadre de una calidad artificial.

La pantalla se ha vuelto roja, y por segmentos es ocupada por un humo ocre. En medio del grano y la urgencia de la máquina se distingue la sombra de un cuerpo que no se sabe si está de pie, de rodillas, botado sobre la ladera de un cerro o si acaso ha quedado impreso el movimiento de su caída y, carbonizado, aún mantiene su volumen intacto.

En medio de un patio de concreto, al lado del edificio de un ministerio del gobierno local y otro monumento clausurado de los días pretéritos, que ha sido muy caro derribar, ha quedado luz suficiente para distinguir apenas una carcasa de metal que se ha abierto como crisálida allí donde estaban las costillas, las piernas y la cabeza. Desde lejos parecen tiras de vendajes pajizos. En las imágenes siguientes la evidencia será recogida por los autos policiales, las cintas amarillas y los hombres con uniforme que se comunican por radio. Nadie sabe qué hubo allí, si un animal o una bomba.

El agua que componía la bruma de la secuencia anterior ha desaparecido. Evaporada por completo, ha dejado un halo confundido con el de los cuerpos de los oficiales y los extras que no están desde hace un instante. Aun así, sus voces se podrán distinguir desde el fuera de campo. Ahora está amaneciendo y las gotas de agua se acumulan como líneas blancas sobre toda la superficie. Son especialmente visibles sobre el árbol que ha sido puesto a un costado y que lanza una tenue sombra, plasmando una variación del bosque verde que ha desaparecido de la ciudad. Algunas gotas de rocío concentran la luz, y si se ampliaran marcarían mi propio cuerpo detrás de la cámara.

Los dedos pasan sobre un sello que ha adquirido un color violáceo y que en su momento debió haber estado nítidamente impreso sobre la hoja roneo. En esa página, donde aparecen como datos mecanografiados el tipo de sangre A+, la fecha de deceso 1985, el color de pelo café, el tamaño de un hueso y sus milímetros, la marca de los zapatos de cuerina negra y el tipo de lana de su chaleco, el campo al lado del nombre ha sido dejado en blanco y solo abajo, a mano en lápiz mina que pierde su nitidez, está escrito El Rocío, y con otro lápiz menos desvaído aparece tachado el El.

Los dedos pasan sobre las fichas amarillas dentro de un cajón de metal. Las letras están marcadas desde la A hasta la X-Y-Z. La R está sola en la mitad del papeleo. Los dedos se concentran allí. En el cajón se lee Experimental y algunos sobres llenos de papel dinero y billetes de avión se asoman desde las fichas.

Dos ojos entre las vendas se mueven de un lado a otro en el salón contiguo. Están leyendo, no se sabe qué. El track sonoro debería mostrar el roce de las manos contra las hojas. Unos dedos enguantados se acercan amenazantes a las vendas que rodean el ojo izquierdo. El color de los ojos es indefinido, así como el color de la piel que se esconde detrás de las vendas.

Alguien limpia una página manuscrita con la mano derecha mientras sujeta un lápiz con la izquierda. Las migas y los pedacitos de piel han quedado pegados en la superficie. El cuadro permite leer varias líneas.

Un texto pasa por una pantalla para que alguien lea en voz alta desde lejos, mirándola. En esta ocasión es una pregunta, de la cuál solo se alcanza a leer: la escena, con signos de interrogación. Y una larga respuesta que ha quedado en blanco tras el nombre de la actriz.

Una carpeta con el prospecto de las vacaciones en una playa elegante. Agua azul y palmeras cruzan las páginas y números.

La carta escrita por un hombre de cabeza entrecana, donde instruye al sujeto que la recibe y con el cual experimenta para que se vaya a la punta del cerro, cerca de Santiago, con varias maletas de ropa abrigada que pueda hacer tira y transformar en vendas. Las páginas continúan con varias recetas de óleos, resinas y venenos fabricado con las plantas de la zona central para aplicar sobre la piel escamosa, la piel roja y la piel que se abre en heridas supurantes.

Un título que se sobreimprime en la boscosidad.

Un título que se sobreimprime en otro título.

El bosque que se sobreimprime en el cerro amarillo y el cerro que se sobreimprime sobre una ciudad brumosa y fría.

Un cerro lleno de animales momificados.

La ladera de un cerrito lleno de rulo, plantas y fuego.

Las uñas limadas del Dr. bajo los guantes sujetan unas pinzas con las cuales tira un pedazo que a simple ojo parece piel, pero que se intuye resolverá el misterio una vez que se coloque sobre la placa, bajo el microscopio y frente al ojo.

El científico experimental mira a la mujer por los ojos del querubín. Anota en una planilla de cálculo mientras su movimiento mecánico arrastra la palanca de arriba hasta abajo para que un halo de luz cubra las pupilas del científico experimental. Veríamos también iluminarse las junturas de piel cosidas de la mujer en la habitación de la fábrica. Él anotaría el número de la palanca y el tiempo antes de subirla nuevamente. Cuando quisiera constatar el éxito del engranaje atisbaría el ojo entreabierto del objeto de experimentación, que lo seguiría como un animal moribundo sobre una camilla metálica, como cuando caminaba sobre el mundo de los vivos y miraba al perro que ella misma cosió una noche en el laboratorio.

La mujer que cuida al científico experimental, y que se ocupaba de llevar té a quienes trabajan con él, se calza los guantes de látex. Ahora el traje celeste con delantal, gorro, cinto y mascarilla está completo. Introduce la jeringa en uno de los miles de tarritos que han sido ubicados en una perfecta línea e inyecta al perro negro con la mancha dorada. Luego inyecta a otro y otro más hasta cubrir toda la extensión del arcoiris. El cuerpo del perro sufre distintos tipos de espasmos hasta que quietud es todo lo que queda. La mujer ubica al perro decúbito supino antes de tomar el bisturí.

La mujer que cuida al científico experimental extiende la piel del perro negro encima de una camilla. Estaría perfectamente plana si no fuera por las partes doradas que en las seis extensiones marcan las protuberancias del cuerpo donde la mujer debe trabajar con formol. Antes de seguir, ubica un espejo frente a la camilla.

Un corte nos llevaría a los cerros, donde ha sido ubicado un sinnúmero de estatuas de animales cosidas entre ellas, y todas observando con ojos huecos el agujero en que se encuentra la ciudad. Podríamos continuar la secuencia con la imagen de la mujer pequeña escupiendo un pucho de los labios, subiendo el cerro y explicando que aquellos animales aparecieron con la extinción final del enemigo.

Las uñas limadas del Dr. dan la mano a una paciente que ahora sale con vendas en la cara y en los ojos, a medias confundida por el cocktail de pastillas y el dolor del cuerpo, a pesar de que debe actuar normalmente cuando camina por la vereda, toma un taxi, sale frente al hotel y saluda al recepcionista.

La paciente camina sin las vendas desde la improvisada pero elegante consulta del Dr. en el barrio de vivos colores hacia el local de la curandera obesa de piel violácea. La espera con música exótica que de inmediato relaja a la paciente. La mujer obesa le vende un talismán hecho por el hombre para protegerla del mundo de los muertos.

Una secuencia elaborada de varias mujeres sobre distintos tipos de camillas acolchadas y de metal, divanes y primeras planas de los diarios. Los genitales en formol de Saarjite Baartman exhibidos en el Museo del Hombre en París. Una ilustración de la autómata Olympia. Thea von Harbor construyendo al doble de María sobre papel, y luego a su ex esposo dándole cuerpo. Las artísticas ilustraciones de una histerectomía en un manual. Las marcas de un plumón sobre la cara.

El Dr. con el cuerpo limado y esculpido frente a un espejo, ante una máquina, delante de unas pesas. Se ha sacado la polera y observa sus músculos moviéndose con los sonidos que le salen de la boca y musicalizan en perfecta armonía el cuerpo de la imagen.

Una mujer mira por la ventana de una casa, emplazada en un cerro frente a un lago, a un hombre que corre bajo la lluvia matutina del bosque.

Un hombre entra al bosque sin sospechar que es observado por ojos y cámaras. En la mitad del bosque se encuentra con otro que es su vívida imagen bajo el traje verde y negro, como si hubieran instalado allí un espejo. Ambos sonríen a la misma vez, mueven sus brazos al unísono, hablan simultáneamente, uno de ellos no tiene voz. Están felices con idénticas sonrisas, y se sacan el gorro de lana, la bufanda negra y mueven la boca para hablar sobre amor y bombas.

La niña de once o doce años deja la cámara y el ojo pegado a él hasta que el agua se evapora y solo quedan gotas sobre las hojas quemadas.

IX
NOTAS DE PRODUCCIÓN

Las notas de producción dicen que el primer corte tiene varias carencias. El punto inicial que listan es la longitud. El segundo explica que si bien las relaciones internas entre las historias están explícitas, no hay resolución en ninguna de las tres. El tercer punto exige la creación de un final que cierre todas las historias. Propone, sin ir más lejos, que sea la escena de la noche valpúrgica. El cuarto punto instaura la posibilidad de un nuevo corte, debido a las deficientes capacidades del montajista contratado, que es el mismo director. Exige separación de funciones. El quinto punto recuerda la pregunta inicial que mueve la historia: ¿quién es el Rucio? A continuación se apunta que hay que resolver si acaso es una película documental o de ficción, y cuestiona por sobre todo la elección de los títulos sustitutos que hacen hincapié en la ficción. Séptimo, se pide de plano que se quiten las referencias al material extra de la película, por considerar que cualquier cosa que los actores tengan que decir es prescindible para la narración. Se respalda con el argumento de que este mecanismo vuelve a los actores personajes de sí mismos, quitándoles la calidad ficticia. Por último se registra que en las siguientes páginas las notas se transformarán en informe y en una larga lista de las potenciales narraciones del material, por las cuales podría reencaminarse la historia:

1. Al perder el amor de su vida, un hombre decide construir un ser que se asimile con el muerto en cuerpo y alma.

2. Dos hombres investigan las circunstancias en que murió un tercero a través de una pista falsa. Una niña prodigio los ayuda a resolver el misterio, apuntando que el problema está en el género de la persona que buscan.

3. Una mujer se va a hacer calceta a los cerros de la ciudad donde vive, al entender que tiene una enfermedad terminal provocada por el material tóxico con que trabajaba cuando era auxiliar de un laboratorio clandestino.

4. Una mujer se va a practicar su oficio a las afueras de la ciudad donde vive, al recibir un informe con el diagnóstico de una enfermedad

terminal provocada por el mismo doctor que la diagnostica y que le enseñó el oficio. Su venganza es destruir la ciudad donde vive quien le enseñó el oficio y la engatusó con tácticas amorosas. Las escenas están cruzadas por sus delirios de enferma que terminan en una expresa cita a *Fausto* de Goethe.

5. Una mujer se mejora de su enfermedad terminal al vengarse de quien se la provocó, vapuleando su nombre, destruyendo su trabajo, sus diplomas, sus títulos y a sus seguidores.

6. Una mujer se enferma cuando se va de vacaciones a un elegante balneario y dos curanderos la momifican en una carrera por superar la muerte.

7. Una niña muerta ayuda a un hombre a resolver el misterio y encontrar el amor.

8. Un artista chileno deja la película que ha estado trabajando durante años por amor a una periodista argentina.

9. Un hombre se casa con una mujer para estar cerca de su hija, a quien desea secretamente, y

así quedar emparejado con la menor ya huérfana. La niña finalmente encuentra su madurez al escaparse.

10. Un viejo profesor se enamora de su alumna y le transmite sus conocimientos. Ella lo denuncia y destruye su carrera. El profesor se da cuenta de que siempre ha sido mediocre.

11. Una estudiante se enamora de un mediocre profesor que la usa para avanzar en su carrera académica. La mujer termina prisionera de las investigaciones del profesor.

12. Una turista vegetariana come, por equivocación, un pescado contaminado por la saliva de un perro. La conmoción causa que los científicos se peleen por su cuerpo y finalmente lo exhiban en el museo local. La película termina con una exhibición mundial de sus partes en formol, fotografías de sus heridas y la castración de los perros callejeros.

13. Una periodista llega embarazada a Chile después de perder a su esposo en los últimos años de la dictadura argentina. Después de años de

soledad encuentra el amor en un silencioso compañero de trabajo. Dos finales alternativos se superponen: el incesto y el asesinato.

14. Un robot prende fuego al rulo alrededor de la ciudad de Santiago. Modelos similares hacen lo mismo en las industrias de Nueva Jersey y en los bosques de abedules cercanos a Hämeenkyrö. Una toma general del planeta marca esos tres puntos geográficos.

15. La mujer en la camilla lee un libro que contiene numerosas historias y se detiene en una donde otra mujer enferma intenta miles de tratamientos experimentales. Ambas consumen píldoras que alivian los síntomas de sus respectivas dolencias.

16. Una mujer se calza un traje que la hace parecer una momia, pero el traje evita que pueda decir sus parlamentos una vez que se instala en la escenografía. Chilla cuando sobreviene un terremoto que destruye la ciudad de Santiago o cuando sobreviene un incendio en Nueva Jersey.

17. Una mujer en una camilla metálica se arregla el pelo después de sacarse el casco. La cabellera se

extiende como la de Greta Garbo y es admira-
da por los animales disecados en la pared y los
querubines de yeso, cuyos ojos tienen incrustaciones de escarabajos verdes.

18. Un académico atiende una conferencia donde
se habla de una película que refleja su vida. Al
finalizar se retira sin intervenir.

19. Un joven, al entrar al salón de clases, reconoce
al profesor. Hay algo en sus facciones que le re-
memoran un episodio olvidado de su infancia.
Ya mayor, hereda los bienes del profesor y descubre una fotografía de unas vacaciones donde
aparecen juntos el profesor y su padre.

20. Una película sobre el mundo una vez que el
mundo se acabó.

21. Una mujer que se saca los pantalones y la piel de
las piernas sale con ellos.

22. Una mujer que se saca un vestido y descubre
que allí ya no hay cuerpo.

23. Dos mujeres pasean por la ladera de un cerrito conversando sobre cuáles plantas son útiles para preservar la piel de la vejez y la muerte, y cuáles no.

24. Un hombre le ofrece a un anciano experimentar nuevamente la juventud a cambio de su alma.

25. Una mujer obliga a un hombre acompañado de su cámara a cruzar por las solitarias montañas que separan la ciudad del vertedero. La narración se compone de un viaje a pie donde se cruzan múltiples historias.

26. Un hombre guía a otro a través de la montaña para mostrarle que no hay una separación entre el mundo de los vivos y el mundo de los muertos. Para quitarse el miedo cantan.

27. Un hombre camina con una niña a través de un campo de fuegos fatuos que producen luz suficiente para que sus cámaras capten la descomposición biológica. En una de las escenas claves el hombre ve que una luz indeterminada sale del cuerpo de la niña.

28. Un artista latinoamericano gusta de usar cuer-
    pos muertos de animales para hacer obras que
    sorprendan a toda audiencia. Cuando abre su
    exposición, la galería se llena de muertos e in-
    gleses.

29. Un joven de provincia llega a la ciudad con los
    zapatos viejos y se aloja en la casa de una acau-
    dalada familia. Enamorado e intimidado por la
    soberbia de la hija, adquiere consciencia de cla-
    se y finalmente participa en una revolución en
    contra de quienes tanto admiró.

30. Una joven descubre que su novio es parte de un
    complot para destruir la facción a la cual ella, su
    familia y su padre muerto pertenecían. Salva a
    su hermano con la ayuda del arrepentido novio,
    pero decide rechazar los avances del enemigo y
    partir al exilio.

31. Un pequeño dios baja del cerro para crear un
    mundo nuevo y termina balbuceando.

32. Un pequeño dios invita a todos a subirse a una
    montaña rusa y baja echando sangre por todos
    los orificios.

33. Sentado sobre una piedra, un hombre elucubra sobre la posición de una pulga y un gato.

34. Una mujer invita a un hombre a vivir bajo su techo. El hombre invade la casa con flores hechas de diario.

35. Una mujer se mutila y es mutilada en una plaza pública bajo una luz de neón. Mientras, una mujer filma y otra escribe.

36. Un hombre es contratado como la estrella del cabaret de un pujante pueblo. Con sus bailes seduce a los hombres del lugar. Uno de ellos lo asesina.

37. Un hombre joven, que a veces es mujer y a veces hombre, sale de un bar del puerto con un hombre que es solo hombre. Como este último consigue verse a sí mismo en el cuerpo del otro, lo derriba a puñetazos, patadas y le quiebra la pierna como si fuera el huesito de un pollo asado.

38. Un niño que nace bajo el signo de la hechicería es encerrado en un terreno que habitan personas contratadas en virtud de sus inusuales atributos

físicos. Ya adolescente, se escapa para ser operado con el plan de incrustarle órganos y partes de otros cuerpos.

39. Un niño que en vez de piernas tiene patas de perro es tratado por la gente a su alrededor como animal.

40. Una joven huérfana es víctima de abusos que la llevan a un prostíbulo, único lugar que le da techo, comida y un poco de cariño. Finalmente muere, víctima de una enfermedad del cuerpo y del alma.

41. Un niño se hace adulto al darse cuenta de que su padre es ladrón. Al otro lado del cerro encuentra pobreza y luchas en las calles.

42. Un niño que va a enterrar a su pequeño hermano muerto en un cajón de frutas recorre la ciudad para darle alas de papel que le permitirán llegar al cielo.

43. Un niño se cae de un árbol. En vez de romperse la columna le salen alas.

44. Una mujer fantasma recorre Chile con un niño huérfano y un huemul.

45. Una madre y un hijo van a buscar los huesos de un muerto a través de los valles llenos de fantasmas y demonios.

46. Una pareja ayuna en el desierto mientras escribe en tinta blanca sobre un cuaderno de páginas blancas.

47. Un hombre se queja porque la mujer con que comparte su casa habla mucho.

48. Una mujer despechada se hace tanto daño que finalmente muere o se disuelve.

49. Una mujer de la ciudad, que pierde a su hijo y a su esposo por un raquetazo y una soga, adopta a un niño mapuche huérfano y lo educa para dirigir la liberación de su pueblo.

50. Una mujer le dispara a su esposo y no lo mata.

51. Una mujer le dispara a su esposo, lo mata y va a dar a la cárcel.

52. Una mujer mata a su esposo porque la enga-
ñó y pretendía dejarla. Un hombre dirige una
película sobre ella, que se convierte en éxito de
taquilla.

53. Una mujer dirige una película sobre otra mujer
que engatusa a un hombre y lo envenena. La
película recibe pésimas críticas.

54. Un hombre escribe una crónica sobre el mito
de una mujer fantasma. Años después una mujer filma una película sobre la crónica que ese
hombre escribió sobre una mujer que recorría
la ciudad como fantasma.

55. Dos jóvenes recorren la ciudad como fantasmas
en una época en que la muerte estaba en cada
esquina.

56. Una mujer elucubra sobre las canciones de infancia y decide no concebir nunca.

57. Encerrado en su casa, un hombre escribe todo
lo que puede y termina fabricando un libro ile-
gible de tan voluminoso.

58. Una voz elucubra sobre las posibilidades de seguir una historia.

Al final del listado hay una carta formal donde se pide adjuntar los detalles de cómo prosigue la historia. La respuesta, pide la carta, debe estar mecanografiada y debe ser entregada en 72 horas, antes de las 11 horas del miércoles 17, momento en el cual, advierte, será sopesada por la comisión productora. Nada se dice sobre las posibles narraciones recién listadas. Se puede inferir que han sido mecanografiadas por diferentes manos en diferentes momentos, a pesar de que la larga fila de firmas en ambas misivas es la misma.

X
RESPUESTA A LOS PRODUCTORES

A diferencia de la carta oficial, la respuesta a los productores no tiene múltiples firmas. Tampoco hay ninguna carta introductoria. La cantidad de páginas adjuntas hace difícil que la comisión de producción pueda leer todo en las tres horas previas a la reunión. Recién entonces la comisión que ha escrito la carta oficial se da cuenta de su error y pide que se le haga un resumen.

Paisaje exterior 4 afuera de la casa 1.

> Es de noche. Un hombre está parado frente a una ventana mirando hacia adentro. Lleva un abrigo negro. Nosotros estamos ubicados tras él, de manera tal que vemos lo mismo que él: una mujer que lleva el pelo amarrado con un pañuelo sostiene una caja de puré instantáneo mientras tararea una canción. La cocina es pequeña y está abierta hacia un living donde relumbra la televisión encendida. En la pantalla dos hombres conversan. Hay un sillón verde

que está de espaldas hacia nosotros. El hombre parado afuera de la ventana se mueve y deja ver que lleva una pequeña cámara y que está grabando. Por algunos segundos vemos la pantalla de la cámara, el marco de la ventana y la pantalla de televisión donde hay un hombre con abrigo negro. Los únicos movimientos provienen de la pequeña luz roja de la cámara, de la pantalla de la televisión y de la mano de la mujer que revuelve el puré. Un pie con un calcetín blanco aparece tras el sofá, vemos por la ventana y la cámara.

Interior de la casa 1.

Es de noche, han pasado solo algunos minutos desde la toma anterior. El mismo hombre, ahora sin el abrigo negro, está sentado en la mesa junto a una niña de once o doce años que lleva entre otras cosas un calcetín blanco, y junto a la mujer que ahora se ha sacado el pañuelo de la cabeza y, en vez, se ha pintado los labios de manera exagerada. La niña de once o doce años pone kilos y kilos de salsa picante en el puré y lo revuelve con escándalo. El hombre mira a la niña, la ve tomar una cucharada con exceso de puré, tanto que apenas le cabe en la boca. La

ve masticar y luego abrir la boca en una sonrisa con la mazamorra colorada adherida al lugar
donde debieran estar sus dientes. La mujer que
no lleva pañuelo y sí labios muy pintados pone
su mano sobre la del hombre sin el abrigo negro, para que la mueva del tenedor al plato y del
plato a la boca.

Interior de la casa 1.

Una hora más tarde. En el sillón verde el hombre sin el abrigo negro y la niña con calcetines
blancos miran negativos sobre una mesa de luz.
El hombre sin el abrigo negro desliza el calcetín
blanco de la niña por su pierna y se lo saca por
completo. De fondo se escucha el tarareo de la
mujer sin el pañuelo y el golpeteo de los platos
cuando son retirados de la mesa y puestos dentro del lavadero. La mujer se acerca al televisor
y pone el canal de las noticias. El reportaje habla con voz filuda, y el encuadre nos muestra
la cara de ella multiplicada por dos, mientras
sube el volumen y vuelve a la cocina silbando
la música de la tele. Fui cantante en otra vida,
la escuchamos decir, justo cuando vemos que la
cara de la niña de once o doce años aparece desde debajo de la mesa donde se había escondido.

Su pelo negro y la redondela blanca de su cara tapan la imagen de los hoyos donde solían estar los animales y las fotos de los animales que solían ser cuando estaban vivos. El hombre sin el abrigo negro deja el calcetín blanco en el sofá e intenta acariciarle la cara a la niña de once o doce años, pero la niña desparece por una esquina del encuadre para volver a aparecer por el costado y poner uno de sus pies desnudos sobre las piernas del hombre sin el abrigo negro. Le entrega los negativos de animales muertos que ha fotografiado con los dedos de su otro pie. Este es Pedro, Manuelita, Roberto, Picard, y este Solosí. El hombre sin el abrigo negro intenta rozar los dedos blancos, casi transparentes y pequeños del pie de once o doce años. Finalmente los entrededos le entregan un último con la cara de ella misma, que vemos a través de un insert, y escuchamos a la niña de once o doce años decirle al hombre sin el abrigo negro que ahora él le ponga un nombre.

Toma paralela entre dos interiores: el de la casa 1 y el de una oficina ministerial.

Es temprano, probablemente la mañana siguiente a las escenas que acabamos de ver. El hombre sin el abrigo negro está ahora sin más ropa que un calzoncillo medio celeste. Habla por un teléfono de cordón con otro hombre que está instalado en una pequeña oficina donde predomina el café, como si hubiera quedado intacta desde el año 1963. La mujer inmóvil que ocupa uno de los tercios de la toma en un segundo plano un poco borroso lo confirma, al igual que los papeles roneo amarillentos que invaden cada esquina de la habitación. La mano gruesa del hombre al otro lado del teléfono sostiene una baraja de carpetas y dice que están todas las víctimas con nombre Rocío, y que parta a verlo, ya con retraso, sea donde sea que esté. La conversación también ha versado, sin que se entienda explícitamente, sobre la nueva relación del hombre sin el abrigo negro y sin ropa en la casa de su colega de trabajo. Cuando cortan el hombre sin el abrigo negro y ahora solo con calzoncillos medio celestes prueba el funcionamiento de la cámara que ha instalado en el helecho al lado de la ventana.

Paisaje exterior 1, afuera de la puerta negra del canal de televisión.

Ha pasado poco menos de una hora desde la toma anterior. (Nota: Considérese sacar la toma anterior). El hombre del abrigo negro apaga el cigarro mientras está apoyado contra la reja negra. Lo vemos de cuerpo entero, como si estuviéramos al otro lado de la calle o en un auto que pasa. El hombre del abrigo negro se ve más joven, blanco y seco por el frío.

Toma larga donde se mezclan el pasillo subterráneo del canal, el interior de la oficina 2 y el interior de la oficina 1.

Inmediatamente después de la escena anterior. (Nota: Considérese sacar la toma anterior). El hombre del abrigo negro camina por el pasillo, ya hay luz en la oficina. Los pasos del hombre del abrigo negro se apocan, hasta volverse casi temerosos, a medida que se acercan a la oficina 2. Asoma la cabeza y ve que no hay nadie. Apaga la luz al moverse dentro de la oficina 1, pero se encuentra de sorpresa con una pequeña mesa que ha sido instalada en el pequeño espacio de la oficina 1. Alrededor de la mesa se han instalado el hombre al otro lado del teléfono y la mujer de labios blancuchos. Ella le sonríe y le guiña el ojo. La mujer sin el pañuelo en la cabeza mueve nerviosamente los papeles que están en carpetas y en cajas bajo luces que obligan al hombre del abrigo negro a sacárselo y entrecerrar los ojos. El hombre que estaba al otro lado del teléfono permanece inmóvil a pesar de que su respiración es el sonido más fuerte en toda la sala, sus palmas abiertas sobre la mesa. Por un momento todo lo que se mueve son los ojos saltones y cínicos del hombre al otro lado del teléfono que miran intermitentemente a la mujer. No parece notar la presencia de la niña de once o doce años, cuya cabeza se asoma desde debajo de la mesa y de la que no sale sonido alguno cuando hace el gesto de una carcajada inmensa en una boca sin dientes y la salsa roja le sale por el cuello y las orejas. La mujer sin el pañuelo empuja una silla para obligar al hombre que se saca el abrigo negro a sentarse de una vez. Escuchamos a la mujer informar: hablé con la gente del canal sobre tu pequeño proyecto que lleva todos estos años. Los convencí y hemos decidido, les he pedido, corrige, todos estuvieron de acuerdo en que queremos ser parte, en que no hay otra salida más que nosotros seamos parte del proyecto sobre el Rocío antes de que se evapore. Mientras, la luz roja de la máquina empieza a titilar y la mano blanca de la mujer se posa unos segundos sobre la mano del hombre sin el abrigo negro y que debajo de la ropa, todos sabemos, lleva calzoncillos medio celestes sucios. Los ojos del hombre al otro lado del teléfono se mueven hacia el borde, como si lo captara todo. La mujer sin el pañuelo en la cabeza continúa: porque es un caso importante y vos sabés que en mi país también lo fue, un tema muy importante y para todo Latinoamérica, la oímos con el mismo tono filudo. Y continúa: tenemos que hacer algo con todo este trabajo que no va para ninguna parte, no se entiende, mirá que he leído todas tus notas. Hay cosas que aclarar, pero tenés que decirme quién es quién. Todos estos nombres, personajes, ya no sé cómo llamarlos. La voz de la mujer sin el pañuelo en la cabeza una vez más está en cada esquina. Qué son todos estos giros en la historia, está complicada porque no se sabe quién es quién de todos ellos, si acaso mujer u hombre. Y ahora es un hombre de nuevo, sube el tono como en pregunta mientras mira directamente con semisonrisa, extendiendo la mano con ganas de tocar la del que está al lado. La vemos feliz. Tampoco encuentro, la oímos continuar, el calendario de trabajo y tampoco me parece bien que usés a la vieja que habla sobre la leyenda mapuche, porque no tiene nada que ver con el Rocío. El hombre al otro lado del teléfono bufa fuerte, hace retumbar todo el subterráneo del canal hasta la reja negra y se queda quieto inmediatamente como si nada hubiera pasado, como si no hubiera emitido ruido alguno. Lo miramos antes de que la voz de la mujer sin el pañuelo en la cabeza y con los labios blancuchos diga que tenemos que ver quién es, quién va a ser quién y la plata cuánta. La carcajada de la niña la lleva a espasmos, los chorros de salsa picante caen al suelo, sobre la silla, sobre la mesa. La carcajada silenciosa de la niña de once o doce años la bota al suelo, y la vemos moverse como posesa, y nadie se levanta más que el hombre del abrigo negro, pero la niña ya no está.

Toma larga donde se mezclan, ahora en orden inverso, el pasillo subterráneo del canal, el interior de la oficina 2 y el interior de la oficina 1.

Esta escena va inmediatamente después de la que hemos visto. Nos ubicamos en el pasillo y desde ahí estamos obligados a mirar como espías a través de la puerta de la oficina 2 hacia dentro de la oficina 1. Por ahí notamos al hombre que vimos al otro lado del teléfono salir tormentosamente y pasando a llevar, con su cuerpo inmenso, los papeles de la oficina 2, que se confunden con los suyos propios en el montón de carpetas que caben en su mano como migas de pan. Golpea cuanta silla o mueble está cerca. Roza nuestro lado y alcanzamos a ver cómo, por detrás, el otro hombre toma su abrigo negro y lo sigue. Partimos detrás de ellos y vemos sus espaldas moverse en pequeños saltitos, el abrigo negro puesto a medias sobre los hombros, y escuchamos que uno de ellos le pide al otro que se detenga, y le advierte que se están cayendo los papeles del bulto de carpetas. Cuando ya nos hemos acostumbrado a las peticiones que hace bajito, el hombre que estaba al otro lado del teléfono se da vuelta y emite fuertes impreca-ciones que nos obligan a retroceder, aunque dice también susurrando cosas como que ella le ha quitado el peso a su cabeza.

Paisaje exterior 1, afuera de la puerta negra del canal de televisión.

Cielo sin sol. Desde el otro lado de la calle, como si fuéramos un paseante cualquiera, vemos que el portón negro no se abre, sino que salta y parece escupir el cuerpo del hombre que estaba al otro lado del teléfono y que hablando a veces grita algunas palabras que escuchamos como sorpresa o no o guión o fotos o sola o nada o imágenes o mierda o trabajo o reportaje o televisión culiá. Pero más que nada vemos los movimientos de sus carnes mofletudas, mientras el del abrigo negro realiza unos movimientos con las palmas de las manos hacia el suelo. Un corte nos lleva a ver una mano gruesa posarse encima del abrigo negro con violencia y sutileza, y desde por encima del hombro del abrigo negro vemos las carnes del otro alejarse, meterse a un taxi y amenazar con que lo va a quemar todo. Y cuando el taxi dobla se asoma la cabeza que estaba al otro lado del teléfono para decir que a ella incluida, mientras desaparece por la esquina.

Paisaje exterior 1 y otros múltiples paisajes exteriores. El hombre del abrigo negro se detiene frente al portón negro unos segundos y tira un cigarrillo que de pronto tiene en la mano, y luego se va por la calle en sentido contrario. Lo seguimos desde el otro lado de la calle, como si fuéramos un paseante cualquiera. Lo vemos de perfil pasar por el frente de unas paredes de ladrillo, locales comerciales con cuadros de precios y fotos de bebidas, rejas negras con árboles magros, puertas de madera desvencijadas, portones de metal oscuro. La imagen de pronto cambia de calidad. Ahora en vez de ver la imagen directamente pareciera que vemos una pantalla donde se enfoca al hombre del abrigo negro caminando de perfil por las calles. La imagen retrocede hasta que está de vuelta frente al portón que no se abre, sino que salta y escupe el cuerpo del hombre al otro lado del teléfono y lo escuchamos nuevamente repetir las amenazas de quemarlo todo, incluida ella.

Oficina 1, pero no se nota realmente la división entre la secuencia anterior y esta escena, pues seguimos viendo la acción en la pantalla, solo que ahora además del hombre del abrigo negro caminando enmarcado, reparamos en el hombro izquierdo de la mujer del labio blancucho fuera de foco. Reconocemos su pelo claro, pajoso, teñido, y sus manos que se mueven dando órdenes al computador. Al lado del computador hay una torre de libros, de los cuales distinguimos sin más *Los nueve libros de la historia, Fausto, Historias orales del sur, Lolita, Martín Rivas, El imitador de voces, Alsino, Metrópolis,* y otros cuantos de edición más novedosa. Cuando la vemos de frente en primer plano amplio la niña de once o doce años está mirando la pantalla por sobre su hombro. De su cuello todavía corren chorros de salsa picante. La niña de once o doce años le entrega a la mujer de labios blancuchos una cinta, que ésta inserta en la máquina para verse a sí misma en su casa siendo grabada desde detrás del helecho, desde la cámara en su ventana, desde la punta de la oficina 2, afuera del portón negro, adentro de su auto, en su pieza junto a la foto de su difunto esposo y su hija, con el compañero de trabajo que, mientras habla, mira directo a la cámara y hace gestos como hablándole a un compadre, luego los sucesivos pedazos que quedaron fuera de los reportajes del noticiero y que ahora forman parte del documental donde ella aparece sin maquillaje, luciendo unas ojeras espantosas y el recuerdo de la muerte en sus ojos. Con un pañuelo en su cabeza, con lágrimas en la cara, como si ella fuera la entrevistada en la intimidad de su casa, habla sobre su pasado, sobre su esposo y luego sobre su hija cuando llora y el maquillaje se le corre sobre la cara, y la cámara la enfoca con los ojos ennegrecidos casi sin luz, tétrica, sin labios. Y el cuerpo de él se mueve en trozos a su lado, la presencia de los calzoncillos medio celestes que casi nunca se saca. Después que se instala él solo frente a la cámara, detrás del helecho, vestido apenas con los calzoncillos medio celestes y el abrigo negro, mostrando el pecho pelado y un raro desprecio a la intimidad que le ha dado esa casa, para hablar bien derecho sobre la silla. Habla, como si fuera un diario que escribe primero un poco tieso y se soltara por el andar del lápiz, sobre la mujer que a veces sí lleva y a veces no el pañuelo en la cabeza. Detesta el pañuelo en la cabeza porque hace que los labios se le vean aun más blancuchos, y peor si están cubiertos de pintura barata, pues su cara huele y se ve como el puré instantáneo que se lleva a la cama. Aborrece su piel vieja del mismo color que la dentadura, y el tenedor que le queda impregnado con el labial barato y que se le mezcla con el olor plástico amarillento. La tez de sus manos asquea su mirada y sus gestos también le provocan arcadas cuando toca el sillón verde y la rodea la muerte. Le repugna su mirada y los gestos con que busca su complicidad sobre el asiento, como si la muerte no la rodeara. Pero esa presencia, esa identidad indefinida lo obliga a aguantar esa voz filuda, la cabeza hueca, la

218

ceguera, su acento, su trabajo, las cosas que esa cabeza piensa, que dice, que decide meter en la cabeza de todos, sus pasos, taconeos sobre la madera, sus papeles sucios en la oficina empolvada, sus movimientos de manos, sus vestidos sin forma y con flores, sus tacones, esos tacones tan blancos como esas manos que se entrometen en todo, matándolo todo.

Y la mano de la mujer cambia el cassette que recibe de la boca que escurre salsa picante. Ahí el hombre sin el abrigo negro aparece un poco más joven y con un bigotillo ausente. Qué dice, en un tono de heredero inglés: lo mejor sería descubrirla ahora para acabar con ello de una vez. Estaba entre los cuarenta y los cincuenta, tenía la cara pálida y la frente brillante, rasgos simples como de fantasma sin carnes, tenía los ojos verdes sin vida que siempre vigilan a través de vidrio, evitando cuidadosamente mis propios ojos. Su sonrisa consistía en un guiño que la arrugaba entera como papel. Toda palabra que sale de su boca refleja amargura y convencionalismo, desprovista de cualquier humor o mirada oblicua; puede hablar de cualquier cosa con tal de que se haga bajo las normas dispuestas por el canal, a través de cuyo luminoso maquillaje pueden distinguirse sin esfuerzo las frustraciones.

Ahora cambia la cinta nuevamente y vemos la cara del hombre con el abrigo negro que intenta calzar la imagen con su postura, y el fast forward con que se salta toda esa parte, hasta donde empieza la voz. Está dentro de la oficina 1, sentado en la misma silla donde ahora mismo está la dueña de esa mano que vemos por la esquina de la toma, y ella entra por una esquina de la toma a entregarle una fotografía que cerrará por completo la ventana que separa la oficina 1 de la 2. Habla mucho sin distinguir palabra, hasta que ella sin el pañuelo en la cabeza y con el pelo pajizo tomado en un sucio moño dice: veo que usted no se siente favorablemente impresionado. Mientras, atisba sus muslos y hace un gesto como de sentarse del que nadie antes había tomado nota, pero queda grabado claramente en la mirada.

Lo dice de nuevo ahora en otra cinta, que se distingue de la anterior por el ángulo y la iluminación. Ahora posa su mano en la manga de su camisa y él está, ahora lo ve ella también, tieso del asco.

En otra cinta está sentado el hombre de los ojos saltones y las carpetas amarillentas con el hombre del abrigo negro. Hablan del diario de investigación. Se preguntan qué puede hacer a uno matar a otro, qué movimiento interno enceguecedor podría conducir a alguien a desnombrar al Rocío. Por ejemplo tome usted un fusil, dice el hombre de los ojos saltones mirando a la cámara, apunte contra cualquier cosa, digamos un pato amarillo, y tire hasta que las balas salgan blandas del cañón y parte de sus estructuras metálicas caiga al piso. Y luego de la nada sobrevienen imágenes de llamas en medio de unos campos en Hämeenkyrö, de un terremoto en Chile y de las oxidadas industrias en Nueva Jersey. Ahora la mujer se ve a sí misma tocar los cubiertos a ambos lados de su plato como si fueran las teclas de un piano, y rozando la manga de su camisa arremangada le dice que sacó la receta de una revista. Ella ahora sin duda puede ver su propia cara nauseabunda concentrada en el olor del puré y de la salsa picante.

Paisaje exterior 1, oficina 1 y oficina 2.
    La mano pone stop y vemos en la pantalla que empieza a rodar el feed de las cámaras instaladas

detrás del helecho, en los pasillos y afuera del portón negro. Por una y otra vemos entrar el hombre del abrigo negro y calzoncillos celestes. Lo acompañamos, abandonando ahora nuestra visión de las pantallas, y lo vemos entrar por la oficina 2 hacia la oficina 1, donde reconocemos las espaldas gruesas y el pelo pajizo. Y repite: la gorda puta, la vaca vieja, la mamá abominable. Ahora aléjate. Con el hombre notamos que ella recoge las cintas mientras habla, sin lágrimas en los ojos, de una violación, con la excusa de una película y su dolor que él jamás ha podido entender. Oímos su voz desde la oficina 2 cuando la luz que emana de la niña sin dientes brilla desde una esquina de la oficina 1. La niña mira fijamente al hombre del abrigo negro. Desde la oficina 1 vemos salir a la mujer del labio blancucho con un bolso lleno de cintas y con la cara manchada de lágrimas oscuras. Él mira las pantallas, pero la cercanía de la niña de once o doce años que se sienta sobre sus piernas lo hace perder de vista eso que las pantallas graban. A nosotros también; se enceguece esa parte del encuadre y solo se escucha desde la oficina 2 el teléfono donde han dejado un mensaje que parece sacado de una traducción: venga pronto, que la han atropellado. Ahora la pantalla únicamente nos permite ver los autos detenidos con las puertas abiertas afuera del portón negro, las luces de los autos policiales iluminando la escena, las cintas amarillas que rodean el perímetro, las cintas de video dispersas por el piso, el cuerpo que ocupa el centro del encuadre y los mirones que cierran el círculo, nosotros y el documentalista incluidos, tras las cámaras dentro de la oficina 1.

Múltiples exteriores e interior de auto 2.

El hombre de los ojos saltones maneja, ocupando todo el espacio de la parte trasera del automóvil negro. Pasa a través de las carreteras, de los bosques, de las tumbas, hasta estacionarse allí donde encuentra la entrada. Se entretiene sacando algunas fotos hasta que vemos en un encuadre desde el parabrisas que entra el hombre del abrigo negro con una pequeña urna color bronce. Avanzan por el carril, salen de la ciudad. Sucesión de jumpcuts. Avanzan por fuera de la ciudad. Otra sucesión de jumpcuts. Avanzan por la carretera hacia el norte, donde el paisaje se seca, hasta donde una flecha indica el vertedero. En el asiento de atrás la niña de once o doce años mira por la ventana mientras toma té en una taza blanca y acaricia a un gato disecado.

XI
SEGUNDA RESPUESTA
A LOS PRODUCTORES

Una sucesión de fotos en las que un automóvil negro de carcasa rectangular, con la pintura picada y varios magullones, de líneas suaves y largas, con los vidrios polarizados y llantas lustrosas, de gran porte, casi un camión, modelo setenta y siete o aun anterior, de aquellos primeros modelos populares pequeñísimos de los años cincuenta, se desliza veloz por una carretera de tres pistas, en las que, con su delantera en sentido contrario, se muestra un avión blanco a diferentes distancias y distintos ángulos respecto a la línea que forma la vía terrestre. Se distinguen el paisaje rubio y seco de la zona central, la polución de las industrias que yacen al norte del Atlántico, los bosques cargados y fríos casi llegando al este. Todas las fotos parecen tomadas desde el subterráneo del mundo.

Una sucesión de fotos encuadra a la turista bajando por una escalera para aviones pequeños. Los colores de sus vestidos cambian, el tamaño de las alas de sus sombreros se modifican, los colores de la piel varían, las vendas alrededor de su cuerpo aumentan con cada foto. La secuencia se cierra con una toma del contracampo ocupado por un cúmulo de quitasoles, toallas y trajes de baño dispuestos sobre la arena, y los pasajeros de terno y corbata, de dos piezas grises y taco alto, caminan con sus maletas y maletines por encima de ellos directamente al mar.

Cada paso de la turista es una nueva foto donde se repiten los gestos de bajarse del taxi, entrar a los hoteles, pasar por el lado de los carteles donde se anuncia una nueva conferencia, entrar a las oficinas hasta las habitaciones traseras, acostarse en las camillas metálicas y recibir las imposiciones de manos del Dr. sobre su cuerpo cubierto con batas verdeagua. La secuencia termina con fotos de las diversas intervenciones dermatológicas que recibe la turista. En cada una de ellas manos limadas y enguantadas sacan y ponen piel, cosen, tijeretean, ungüentan, aceitan, sellan, curan, vuelven a abrir, firman, cortan, ponen, santifican, mojan, secan, hacen doler, cicatrizan, revisan, vendan. Las fotos luego muestran por partes cómo se va llenando el cuerpo de largos parches blancos de los pies a la cabeza hasta que no queda más que los ojos semiblancos mirando en diferentes direcciones, adquiriendo velocidad fílmica.

El sonido entonces se sincroniza y escuchamos una respiración que se queja y se agota. Detrás del espejo la curandera enciende inciensos, canta bajito y envuelve en telas la figura de cera modelada con la cara de la turista.

Secuencia de cut-ups. La ceremonia llama la atención de la comunidad científica y turística. Consiste en descubrir por completo el cuerpo tieso de la turista y comprobar una última vez el resultado del tratamiento que redefine los límites de la muerte, y luego envolverlo en un muñón de cuerina roja que ha sido tratado con óleos de enebro y calor para que adquiera una textura parecida al cuero natural. Las piernas se cierran bajo las telas como si fueran la cola de un pescado, las manos desaparecen en el pecho como si no existieran, los hombros se envuelven y el cuello se alarga dejando la cabeza fuera para que reciba la tela como mascarilla, dejando solo los ojos para que vea el despliegue de pinturas, de flashes y de manos que se acercan con pinceles, y que cuando comprueban que está seco y duro marcan siluetas, dejando rastros apenas legibles de su presencia en este acontecimiento sin precedentes. La procesión camina tras ella, le lanza los pinceles y las gotas de pinturas hechas con tanto machaque y, cuando ya la instalan en la punta del cerro más alto, la obesa se acerca a hacer un pequeño dibujo para informar a la audiencia que este nombre se borrará con el primer rayo de sol de la mañana.

XII
TERCERA RESPUESTA
A LOS PRODUCTORES

La voz en off suena como el canto de un zorzal los primeros días de primavera: desde arriba te vemos salir como de un sueño, arrastrando los pedazos de tela por el polvo frío. Te cubres aun más porque este sol que se escurre entre las nubes no calienta nada.

La voz en off es la de un anciano: te vemos sacar de la casa la silla y la mesa, la lámpara y los papeles, las ollas llenas y el brasero. Te demoras mucho, todo el día, como si te doliera el cuerpo, y los pedazos de tela se te enredan entre las piernas.

La voz en off suena como el bufido de un caballo: antes de que se te haga de noche te pones más telas. En las piernas las haces coincidir para que cuando las juntes parezca una sola pieza, como la cola de un pescado.

La voz en off suena como el crujido de la mesa; allí mismo te sientas a mirar las páginas del manual, donde sitúas apenas tu cuerpo a machacar las hojas dentro de un mortero.

La voz en off suena como el viento entre las hojas: te untas las telas con los aceites, las resinas, y te decoras con las pinturas hasta que vayan adquiriendo dureza y un color similar al del cerro.

La voz en off suena como la botella de plástico que se aplasta bajo un zapato: te vemos arrancar la primera tabla de la casa.

La voz en off suena como un conejo escondido tras el arbusto: te vemos entrar y salir, abriendo las tablas de la casa de a poco como una crisálida.

La voz en off suena como hojas que se mueven entre las manos: te vemos quedarte quieta bajo el sol de primavera, secándote.

La voz en off suena como lápiz sobre el papel: solo vemos la punta de tus manos moverse y escribir las últimas páginas del manual. Fotos tuyas y las de un hombre con el pelo entrecano llenan las páginas como un álbum familiar.

La voz en off suena como cinta de cassette: repetimos las palabras amorosas con que el hombre te narró tu vida.

La voz en off suena como madera resquebrajada: te oímos responder con placer.

La voz en off suena a pasos por el bosque: los vemos darse la última mirada.

La voz en off suena a niña chilena: vemos al hombre del pelo blanco mirar por la ventana y cerrar las cortinas mientras tú te vas por las calles de la ciudad.

La voz en off te repite las palabras del hombre con el pelo viejo; te recuerdan cuánto placer le daba curarte las heridas y ver tus ojos sonrientes desde la camilla. Te recuerda también las fotos que tomaban y que tú veías como si fueran testigos de unas vacaciones.

La voz en off suena a animal cualquiera: vemos al hombre del pelo entrecano abrirle la puerta a sus ayudantes y a la mujer que lo cuida. Lo vemos comenzar de nuevo.

La voz en off suena a aullido: vemos al hombre del pelo blanco reemplazar tu cuerpo por el del perro negro.

La voz en off suena a carretera: la mujer que cuida al hombre sin mucho pelo abre el cuerpo del perro negro con un bisturí.

La voz en off suena a voces que se acumulan: te vemos a ti escribiendo sobre el hombre del pelo entrecano, la mujer que lo cuida y el perro negro. Tus trazos ocupan las últimas páginas del manual.

La voz en off dice que ya llega la noche y que la crisálida se ha abierto por completo.

La voz en off como bandada de cuervos dice verte abandonar todo en medio de la noche y arrastrarte por el valle. Te seguimos con la mirada.

XIII
LA NOCHE VALPÚRGICA

¿Por qué no abreviar el camino y en vez de andar por este laberinto de valles de la zona central, donde más allá de los peñascos de basura y del vertedero brotan los Campos de Cañas, donde la juventud queda impresa en la muerte, se pasara directo y de largo? No hay disco lunar en esta noche valpúrgica, a pesar de que el cielo se transforme en un seco desierto y se escuche dentro de los cuerpos que en cada uno de estos pasos se siente lo quebradizo del hielo sobre el rulo. El invierno se huele entre el eucalipto, el algarrobo y la acacia. Más allá de la pequeña loma de la cordillera costera se asoma la luz de los restos de la olla, los envoltorios, los huesos usados en la carnicería y la sopa y la luz de la ciudad que ilumina todo debajo de las nubes, suficiente para quien suba —esta cámara que sube— y para imprimir la ascensión. Sin nadie en la imagen más que las siluetas de las estatuillas carnales, se usa de fondo el recuerdo de las voces que se acoralan para entrar en las montañas de Schmutz y dotarlas de la posibilidad de cambio a través de la superposición, de árbol en árbol. Sobre las piedras, pedazos de objetos arden espontáneamente; los cueros curtidos se han despertado y lloran, llenas de sangre sus barrigas, mustias sus hierbas como serpientes enroscadas, entre la arena los atrapan sin resistencia. Se oye la antena pólipa de quien yerra, y por allí las ratas vuelan en mil matices, como escarabajos tornasoles. Se escucha desde los pastos, desde las rocas y desde las gargantas de la tierra el fluido del agua agria. Con su eco brillan sus espíritus, hieden y se queman con la lluvia. Solo un coro de voces a capella sonoriza la sensación de si se está de pie, si se baja del cerro o si acaso se sube junto con el nivel del agua de donde fluye y de la lluvia que ha empezado a caer. Dan vueltas las rocas, pasan volando las botellas de plástico y los envoltorios de helado; los árboles los atajan antes de que alguno que otro llegue a las mil caras cosidas en las puntas y que miran en las cinco direcciones posibles donde hay espacio, dispuestas a salir corriendo valle abajo, hacia la ciudad y la montaña de Schmutz. La extraña luz que despide la ciudad, la basura y los animales muertos a lo largo del valle central son una misma cosa. «Por aquí sube el vapor, por allá se espesa el vaho, y de la bruma y su velo un fuego incandescente que brota como un manantial. Por allí serpentea un largo trecho con cien venas cruzando todo el valle, y aquí, en el augusto rincón, se queda aislado».

Las chispas centellean y la arenilla dorada del desierto que empieza se dispersa con el viento entre el rulo bajo y el hielo quebradizo. Todo lo ilumina y quema, hasta que prende las paredes de pelo y cuerpo curtido dispuestas a lo largo del cerro. Hay gargantas entre las rocas, a pesar de que todo aquí es tumba. Se estremece el rulo, las lechuzas tuercen sus cuellos blancos y huyen hacia el sur, mientras los escuetos árboles crujen y caen agolpándose unos contra otros, dejando pasar las arenillas prendidas por los atestados barrancos. Se oyen las voces y las risas en las alturas entre el coro del destrozo y su eco, que viene desde el fondo del valle. A lo largo del monte truena iracunda la basura. El coro despide fuegos y manantiales con la escoba, con el bastón, con la horquilla y el carbón. Se abre el espacio de la cámara entre los pedazos de animales, los hilos plásticos y los ojos metálicos. Con disimulo miran obrar hasta que se acabe la peregrinación hacia el vertedero y la ciudad. Se alza el fulgor y el humo mientras se escala y los movimientos escarpados de la cámara se confunden con el paso anárquico de las cabezas de ratas, las colas de zorro, los lomos peludos que se abren en las costuras y drenan sus rellenos mustios. Se ve enfrente que pequeños mundos se abren en el grande y las incrustaciones de primeros planos en la toma general. Y así el tañer de los instrumentos de cocina se cuela con el ruido metálico y las pipas industriales donde cien hogueras arden en fila. La explanada no es pequeña y la planicie se expande más allá de la vista: se baila, se canta, se come, se bebe. Recién aparecen los primeros cuerpos humanos. Es noche sin círculo lunar y pareciera que todo está preparado para el juicio final, que se relame en los espíritus que ve y pasa de largo.

Todos los que caminamos juntos nos cuidamos de las melenas de los valles. Abajo empieza un nuevo baile y nos arrebujamos entre nosotros a cantar frente a las luces nocturnas. Le damos a la noche la cara de un sueño tenebroso. Bien podríamos andar con nuestras cabezas en la mano o parecernos al ser amado de cualquiera que mueva los pies. Vengan y suban con nosotros por la pequeña colina, transformemos nuestras voces muertas en un coro sobre un escenario que, de canto a grito, chilla ante el temblor de la tierra y provoca el derrame de lo marchito desde las barrigas. Caminamos juntos estatuillas, animales, humanos, cámaras y basura hacia la misma ciudad que nos vio nacer y morir para uso de sus habitantes adinerados, cuyas pieles rebosan vida. Visitamos este árbol de golletes plásticos y lo hacemos hablar como empresario, como político o intelectual, periodista o bufón, citamos las grandes obras de la historia y la literatura sin siquiera haberlas vivido mientras lo echamos a patadas sonorizando su escape con los tambores comprados en la juguetería de la chinoi-serie. O apretemos nuestra materia biológica que vive de muerte incandescente hasta sacarle el espíritu para que hable en lengua mezclada desde los sonidos de las patitas de rana, ojos de muñeco, cara de niño, abuelo macilento, desde los hongos que crecen sobre nosotros. De nosotros el purista diría: ¡qué putrefacción reina en este lugar! Pero sois humanos y la cámara así lo demuestra. Solo ella os puede captar, solo la luz roja. Sin director, el coro nos alineamos junto a los bichos, gusanos y las escuadras de la muerte para que vayan hacia un lado y otro: hacia los desechos, hacia los laboratorios. En ambos se gesta la muerte. Y gritamos que en los libros también y rayamos los pedazos de cuerpos listos para cocer, coser y comer que aparecen descritos bajo sílabas ignotas hasta hacerlos vivos y sonorizarlos con sílaba propia. Aparecen las arañas con cara de virgen y político de derecha. Aparecen las hormigas con cara de amenaza al sistema. Pintamos las cucarachas con patas peludas y gritando al unísono una cancioncita imbécil. Los pájaros vuelan asustados, pero libres. Las ratas furiosas recorren la ciudad con cara de perro hambriento. Las águilas en vez de garras tienen lanzallamas. Los pudúes con cara de malos corren por la Alameda asustando a los elefantes, a los tigres, a los rinocerontes. Todos ellos, cantamos, están muertos, pero aun así son útiles.

Avanza por ahí el monumento de bronce. Viene arriando caballos con melena maciza. Tiene nombre importante y mira al futuro. Sin moverse no puede abrir la boca y únicamente se escuchan los latigazos metálicos que cruzan las espaldas de sus esclavos del color del óxido. Por atrás vemos a los que saben y tocan sus tambores haciéndonos bailar, y evitando que entremos al sur. Nos ayudarán, ofrecen en canto, pero nosotros no entendemos la palabra venganza, nada más la palabra ser que sale desde nuestras costuras ajadas. Ya no necesitamos ni comida, ni covacha, ni nidos, ni cercanía de los nuestros. Solo un poco de rocío para mantener elásticos estos cuerpos cocinados en formol que coinciden con nosotros. Todos juntos desbordamos el escenario y todo se vuelve lugar de la acción; rebalsamos la cámara y tu propia existencia detrás de esta misma palabra que lees: la palabra. No nos importa que no haya disco lunar porque nosotros no vemos más que el sol que sale desde debajo de las luces: desde la ciudad, desde el vertedero corren hacia aquí los fuegos fatuos sin quemar todo lo que tocan, aunque sí volviendo sus caras en estratos de vida ominosos a la vista.

Desde arriba miramos hacia abajo, desde el medio miramos hacia abajo, desde abajo miramos hacia abajo. Estamos en todas partes. Aquí y allá más de alguno capta que se yerra desesperadamente en este mundo, que allí está prisionero el cuerpo del rocío y que se evapora con cada mata que nace. No se sabe si es cámara o el que está a su lado quien pide que se le devuelva al gusano su figura perruna, y que pueda de nuevo mirar con su ojo ciego por entre el bosque del cerro contiguo, sin temor ya a que caiga en manos de la ciencia, la política y el conocimiento. Devuelve a esta basura su forma predilecta para que la vida nuevamente se le consuma hasta el tuétano. Hay que sacar el cuerpo de la escenografía, entendemos todos juntos. Sin la ayuda del colilargo ni del hombre de la barba blanca que erige su pene marmóreo por sobre el alimento, los animales cocidos, cosidos y comidos prendemos las luces de la escenografía con nuestros propios cuerpos. Iluminamos el bulto, la bolsa negra, las vendas amarillas, la boca sin dientes, la cicatriz amoratada, al mismo tiempo que abajo estallan las bombas en las cuadrículas ministeriales, cansados ya de andar como perros todos nosotros. Se cae la escenografía y solo quedan las luces que salen de nosotros en la noche sin disco lunar.

El track sonoro es ahora coro en vivo: en medio del campo, en la cueva, en la covacha, a pleno sol fatuo, se encuentra la figura del bulto, de la bolsa plástica negra, el cuerpo de la mujer con las vendas, la turista momificada, el cuerpo del Rocío. Muerto entre los vivos, su ausencia echa a andar toda la acción que está alrededor, incluso el play que ahora titila verde y rojo, dependiendo por cuál lado uno lo mire. Las vendas cambian de color. Ahora las garritas del gato, el hocico del perro, la pata de caballo, el vientre de guarén, el lomo blanco de un oso se calzan la bata celeste, el cinto, el gorrito, las mascarillas y el guante de látex. Disponen las pinzas, las tijeras, el bisturí, y hacen el primer corte en el mismo momento en que el sol se asoma por la cordillera de Los Andes iluminando por igual ciudad y vertedero. Apenas sale el sol pega sobre las vendas que caen abiertas como crisálida y lo que había dentro se evapora como rocío.

XIV
ACTAS

El último fotograma se imprime en la retina mientras la sala queda en oscuridad. A las 7:45 pm, luego de dos horas y diecisiete minutos de visionado, las luces son encendidas desde el fondo, y con ellas las caras de los asistentes que ocupan un 54.3% de las poltronas de cuero curtido instaladas para la ocasión en el salón central de esta sede. Se abren las cortinas, se abren las persianas, se abren los cuellos de camisa por donde corren las gotas del encierro, mientras se ubican las mesas, los manteles, los vasos y los dos micrófonos que se conectan al sistema de audio que sale desde entre las columnas, las molduras y las caras de ángeles niños cuyas florituras son también cachos, mejillas, conchas, copihues y ojo que observan los cuerpos que de a poco van ocupando las cinco sillas. En el auditorio los párpados estaban abiertos en un porcentaje bajo, se calcula en un 62%; el resto se abre y se cierra indeterminadas veces, en ocasiones con ayuda de los dedos índices y pulgares. Los que se habían quedado inmóviles con los párpados

cerrados, los labios abiertos y secos, se van enderezando
en las poltronas y el deslizamiento de las telas sudadas
acompaña la voz en el micrófono mi mi mi. Se da las
gracias a los presentes y se lamenta la ausencia de los
ausentes y se informa que disponen de la sala hasta una
hora determinada y se ruega el silencio. Y se comienza.
Se listan unos nombres y se dicen cosas sobre la presencia de esos nombres de tal manera que se identifica a
cada quien entre el público, y sobre cinco sillas plega-
bles. Y se apunta la presencia del director, quien podrá
contestar preguntas. Algunas poltronas suenan y se va-
cían mientras desde el fondo se escuchan estruendos de
protesta. Y desde el fondo se ubican telas también con
consignas. Y desde entre las columnas y los querubines
de yeso se ubican cuerpos a punto de estallar. Y salen
pifias desde el auditorio central de la sede. Y desde el
micrófono, desde entre las columnas de yeso, desde entre las caritas blancas de ángeles niños, desde entre los
pechos planos, las manitas y sus pirulines de yeso se
indica que aquí todo se admite, incluso la disidencia,
pero con respeto y orden, mientras una manita indica
el puñal en el centro del copihue de yeso.

Ahora el salón es ocupado en un 36.47%. Se ha
comprendido desde la mesa, y entre las pifias y murmullos que aún continúan desde el auditorio de la sede,
que es hora de comenzar. Y se interrumpe todo el ce-

remonial ilustre para dar inicio a través de un certero golpe de codo a la sección de interpretaciones y discursos sobre la hechura, el archivo, los fotogramas y las secuencias que conforman la película.

En los títulos de cada uno se habla de tres posibles interpretaciones. El primer título se expande sobre la relación que la película establece con la literatura alemana y su ideología eurocéntrica, y que aquella reescritura del capítulo de *Fausto,* y que la decisión de retirarse de la literatura propia es un gesto fascista en tensión con el mito mapuche, donde lo moreno y lo rubio se enfrentan. Es por tanto, dice el ponente, una escenificación de las pugnas raciales que se impregna en el trasfondo ideológico que aquellos fotogramas, aquellas fotografías y aquellas secuencias no dejan ver. Es decir, recubren lo terrorífico que funda la cotidianidad con el velo de lo agradable, especialmente donde se dibuja el murmullo de la masa. En esos comentarios también se alude a la persistencia del carácter totalitario de la crítica literaria chilena. La segunda interpretación apunta en su título la poca originalidad de integrar a los animales como personajes en Valpurgis cuando en realidad el arte ya ha desvirtuado y capitalizado el uso de la taxidermia, y también el cine argentino lo puso en el centro cuando mató al propio director de la película. Ese ponente quiere explicar que la película es una lápida. Se pregunta por la relación entre el animal y la lápida, y encuentra un indicio en la imagen de la estatuilla. Aquel informante también hace referencia al mito mapuche que está entremedio, de tal manera de definir su importancia no en la raza, sino en la relación entre el sol y la luna. Su título apunta a una lectura cósmica, lo cual hace que muchas poltronas de cuero se muevan. Aquél piensa en la posibilidad de la muerte reiterada del director, que se ubica a sí mismo en la mirilla y con una venda en los ojos frente a una pared tapizada con ladrillos de fieltro para caer suavemente en una tumba que imagina de seda y flores secas. De paso, hace referencia al conservadurismo de la crítica literaria y cinematográfica. El tercer título expone los tránsitos de los personajes mujeres hacia el sujeto travestido o desexualizado. El animal, explica, está muerto. En su lugar se ha localizado, se puede entender ya desde el título del tercer comentario, algo más que permita el doblez identitario hasta un extremo en que el nombre queda suspendido en la indefinición. En la ponencia se explica que lo que se ha fusilado es el nombre y en ese mundo ideal ni los actores ni la crítica importan; el director fue el primero en morir ya frente a esos ladrillos, y junto a él toda necesidad de separar el material extra del material primario. Los actores no representan a sus personajes, sino a sí mismos y su propia inutilidad como cuerpos operantes. El título explica que no hay diferencia entre la vida y la muerte, porque todos estos nombres se forjaron en la ausencia de lo nombrado. Por eso no hay créditos. A su modo, esa tercera lectura también apunta al perfil endogámico de la crítica, pero también al del aparataje literario y de la academia que se ocupa del cine. Esta vez explica su punto con porcentajes y descripciones que escapan de la competencia de este secretario.

SANGRÍA

Narrativas contemporáneas
1. *El arca (bestiario y ficciones de treintaiún narradores hispanoamericanos)*, compilación de Cecilia Eudave y Salvador Luis
2. ~~*Los perplejos*, Cynthia Rimsky~~ [fuera de circulación]
3. *Segundos*, Mónica Ríos
4. *Caracteres blancos*, Carlos Labbé
5. *Carne y jacintos*, Antonio Gil
6. *La risa del payaso*, Luis Valenzuela Prado
7. *El hacedor de camas*, Alejandra Moffat
8. *Oceana*, Maori Pérez
9. *Retrato del diablo*, Antonio Gil
10. *Niños extremistas*, Gonzalo Ortiz Peña
11. *Apache*, Antonio Gil
12. *La misma nota, forever*, Iván Monalisa Ojeda
13. *Alias el Rucio*, Mónica Ríos
14. *La parvá*, Carlos Labbé
15. *Misa de batalla*, Antonio Gil
EN PREPARACIÓN
15. *Ñache*, Felipe Becerra

Intervenciones
1. *Cuál es nuestro idioma*, varios autores
2. *Descampado. Sobre las contiendas universitarias.* raúl rodríguez freire y Andrés Maximiliano Tello, editores
3. *Constitución Política Chilena de 1973*, propuesta del gobierno de la Unidad Popular
4. *Not in Our Name. Against the US Aid to the Massacre in Gaza / Contra la ayuda de los Estados Unidos a la masacre de Gaza*, varios autores

Monumentos frágiles

1. *La Cañadilla de Santiago. Su historia y tradiciones. 1541–1887*,
Justo Abel Rosales.
Edición de Ariadna Biotti, Bernardita Eltit y Javiera Ruiz

Reserva de narrativa chilena

1. *El rincón de los niños*, Cristián Huneeus
2. *Carta a Roque Dalton*, Isidora Aguirre
3. *La sombra del humo en el espejo*, Augusto d'Halmar
4. *Tres pasos en la oscuridad*, Antonio Gil
5. *El verano del ganadero*, Cristián Huneeus
6. ~~*Poste restante*, Cynthia Rimsky~~ [fuera de circulación]
7. *Una escalera contra la pared*, Cristián Huneeus
8. *Trilogía normalista*, Carlos Sepúlveda Leyton
9. *Bagual*, Felipe Becerra
EN PREPARACIÓN
10. *Escenas inéditas de Alicia en el país de las maravillas*,
Jorge Millas
11. *Antología personal*, Guadalupe Santa Cruz
12. *Autobiografía por encargo*, Cristián Huneeus
12. *Las playas del otro mundo*, Antonio Gil
13. *Singulares misericordias*, Úrsula Suárez
14. *Libro de plumas*, Carlos Labbé

Instantánea relación

1. *Manon y los conejos hacedores de papel*, Felipe Becerra
2. *Cabo frío*, Antonio Gil
3. *Lolita again*, Iván Monalisa Ojeda
EN PREPARACIÓN
4. *El fantasma*, Mónica Ríos
5. *Cortas las siete pesadillas con alebrijes*, Carlos Labbé
6. *La*, Andrés Kalawski
7. *Peluche lunar*, Maori Pérez

Texto en acción

1. *El cielo, la tierra y la lluvia*, José Luis Torres Leiva
2. *Johnny Deep (Juanito Profundo) y la vagina de Laura Ingalls*,
Alejandro Moreno Jashés

www.ingramcontent.com/pod-product-compliance
Lightning Source LLC
Chambersburg PA
CBHW030253270626
47156CB00022B/2528